おとなのワンテーマ

文学館を旅する

全国の作家・作品ゆかりの地をめぐる

監修◎今村信隆

イカロス出版

はじめに

文学館のたのしみ

いつもとは一味違う旅先をお探しなら、「文学館」は、いかがでしょうか。

堅苦しくて、難しそう？

いえいえ、そうおっしゃらず。気軽に、ふらりと訪れてみて下さい。作家の書斎や旧居、自作の書画、意外なコレクション、遺愛の品々…。見るだけでも楽しい展示や、思わず写真を撮りたくなるスポットが、実は盛りだくさんです。映画、マンガ、絵本といったコンテンツを扱う、やわらかい印象の館も少なくありません。

その作家の本を一冊も読んだことがない？

そんな方でも、大丈夫です。というよりもむしろ、新しい作家に出会うきっかけにもなるのが文学館にほかなりません。もちろん、図書館や文書館としての役割ももつ文学館は、研究者にとっては第一級の資料の宝庫ですが、それは同時に、みんなに開かれている場でもあります。

作家の生涯や作風の一端に触れることで、お帰りの際には無性に本が読みたくなっていること、請け合いです。文学館のミュージアムショップで本を購入すれば、それはもう、忘れ難い思い出の一冊になるでしょう。

展示をみても、作品を読んだことにはならない？

それは痛いところをつかれました。確かにその通りです。どれほど足繁く文学館に通い、どれほど熱心にその展示をみたもしても、文学作品そのものを味わったことにはなりません。

しかし文学館は、読書とはまた別の楽しみ方ができる場所です。たとえば、展示されている自筆の原稿やメモや手紙や日記…。手で書く機会が減ってしまった現代だからこそ、改めて手書きの文字と向き合う経験は新鮮です。大胆な文字、神経質そうな文字、ためらいがちな文字、美麗な文字。人にそれぞれ声色があるように、文字にもやはり個性が出るものです。

あるいは、解説パネルなどで紹介されている言葉が、ふとしたタイミングで、すっと胸に染み込んでくることもあるでしょうか。本ではなく、ネットでもなく、あえて文学館の展示で出会う言葉。それが、忘れ難い印象を残すこともあると思います。

言葉の背後、いわば創作の裏側をのぞき見ることができるのも、文学館の醍醐味の一つです。作家の表現には、たとえほんの数語の短いフレーズであっても、それを支えた背景があるものです。一篇の戯曲のために作成された、緻密な手書きの関連資料。原稿用紙が擦り切れそうになるまで推敲された跡が残る、有名な短編小説の冒頭。歴史小説や推理小説を書くために作家が読みこんでいた、膨大な資料群。そうした裏側から、創作の余熱や作家の人間味が伝わってきます。

最後に…。

文学館なんて時代遅れ？

そんなことはありません！　とあえて断言します。

確かに忙しい時代です。世の中はますます複雑になっていくようです。わたしたちはいつも何かしらのネットワークにつながれ、たくさんの情報を浴び続けています。言葉が生まれ、消えていくスピードも今まで以上に増しました。でも、そのような時代だからこそなおさら、ゆっくりと言葉と過ごすことができる文学館はおすすめです。

忙しなく流れていく日常生活の時間から、いわばちょっとだけ途中下車するような気持ちで、作家たちが生きた時間に寄り添ってみてはいかがでしょうか。そこにあるのは、時代の変遷を生き延びてきた、確かな言葉の数々です。それらの言葉はきっと、訪れるわたしたちを癒し、あるいは励まし、ときには笑わせ、ときには涙ぐませ、そして最後にはそっと背中を押してくれるはずです。

2025年2月

今村信隆

文学館を旅する　もくじ

中部・近畿エリア CHUBU・KINKI

中国・四国エリア CHUGOKU・SHIKOKU

九州エリア KYUSHU

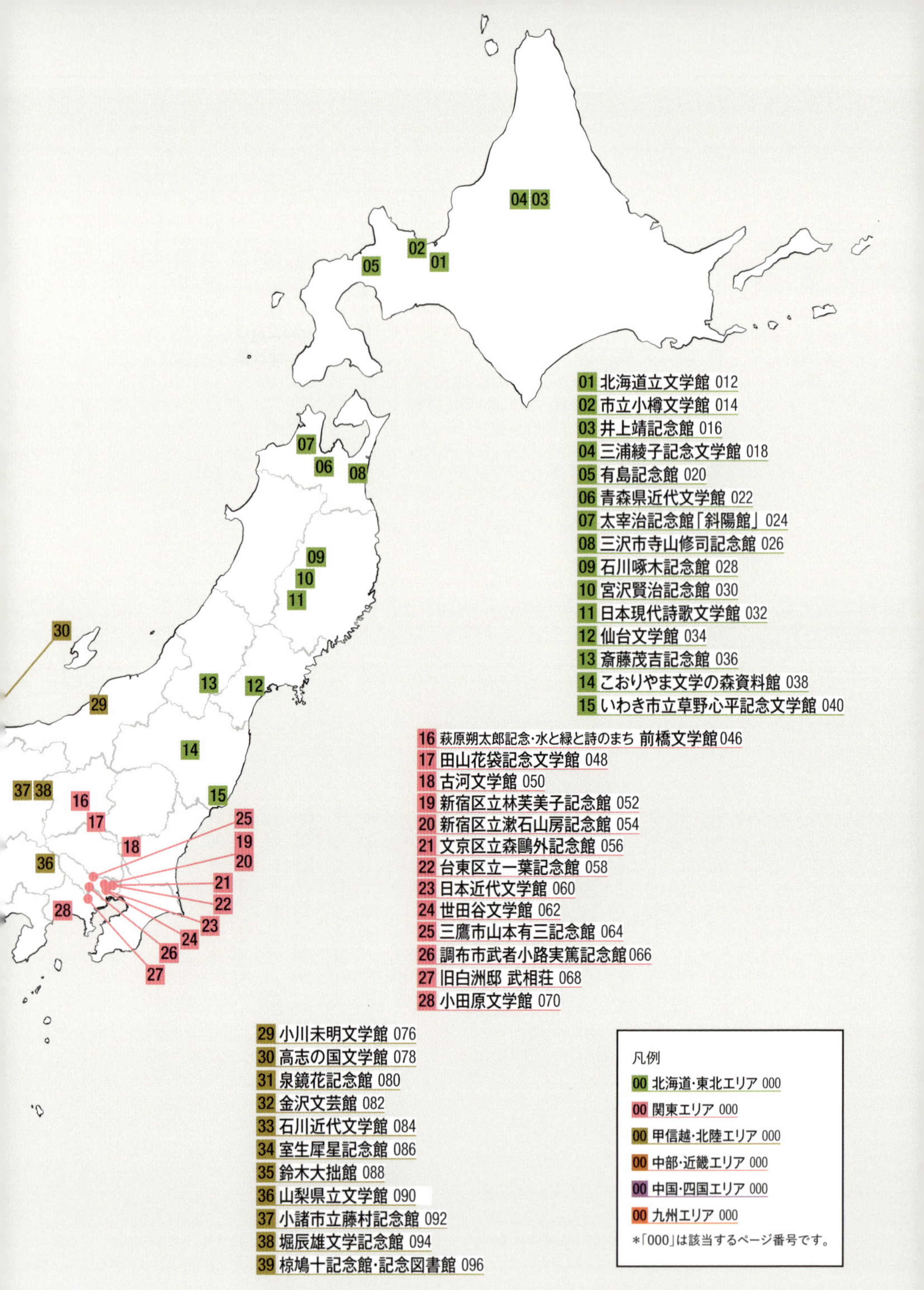

01 北海道立文学館 012
02 市立小樽文学館 014
03 井上靖記念館 016
04 三浦綾子記念文学館 018
05 有島記念館 020
06 青森県近代文学館 022
07 太宰治記念館「斜陽館」024
08 三沢市寺山修司記念館 026
09 石川啄木記念館 028
10 宮沢賢治記念館 030
11 日本現代詩歌文学館 032
12 仙台文学館 034
13 斎藤茂吉記念館 036
14 こおりやま文学の森資料館 038
15 いわき市立草野心平記念文学館 040
16 萩原朔太郎記念・水と緑と詩のまち 前橋文学館 046
17 田山花袋記念文学館 048
18 古河文学館 050
19 新宿区立林芙美子記念館 052
20 新宿区立漱石山房記念館 054
21 文京区立森鷗外記念館 056
22 台東区立一葉記念館 058
23 日本近代文学館 060
24 世田谷文学館 062
25 三鷹市山本有三記念館 064
26 調布市武者小路実篤記念館 066
27 旧白洲邸 武相荘 068
28 小田原文学館 070
29 小川未明文学館 076
30 高志の国文学館 078
31 泉鏡花記念館 080
32 金沢文芸館 082
33 石川近代文学館 084
34 室生犀星記念館 086
35 鈴木大拙館 088
36 山梨県立文学館 090
37 小諸市立藤村記念館 092
38 堀辰雄文学記念館 094
39 椋鳩十記念館・記念図書館 096
凡例
00 北海道・東北エリア 000
00 関東エリア 000
00 甲信越・北陸エリア 000
00 中部・近畿エリア 000
00 中国・四国エリア 000
00 九州エリア 000
*「000」は該当するページ番号です。

文学館を旅する

全国文学館マップ

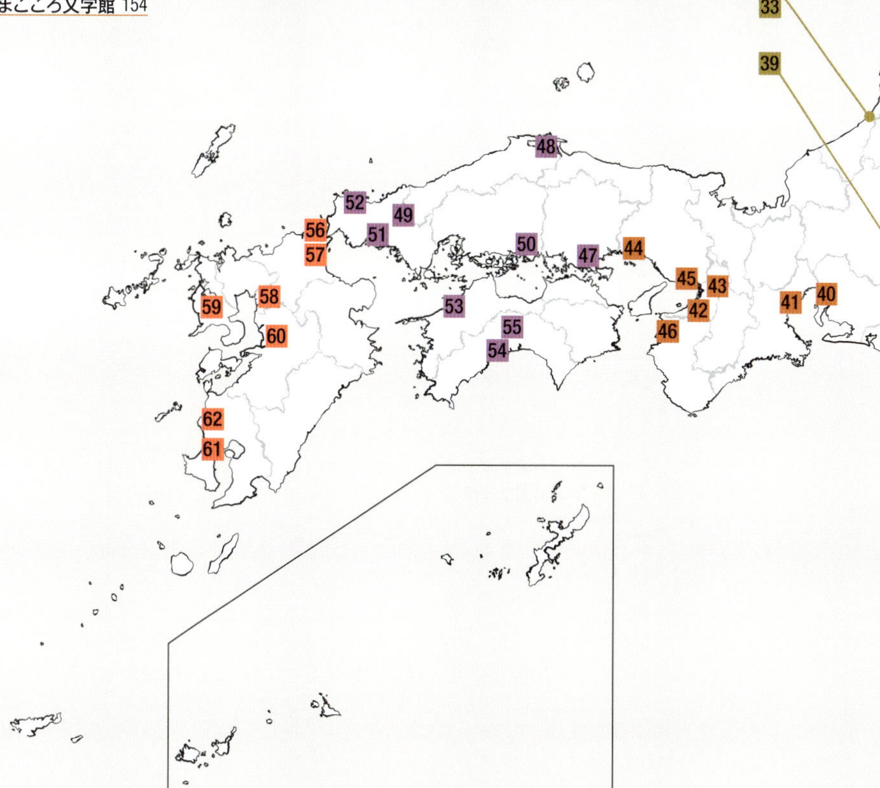

本書の使い方

POINT【見どころ】
各施設の見どころや知っておきたい情報を博物館のエキスパートがアドバイスします。

【本文】
各施設の概要や歴史、見ることができる主な展示資料などを紹介しています。

時【開館時間】
開館時間は、イベント等により変更する可能性があります。また、閉館時間前に入館締め切りとなる施設もあるのでご注意ください。館内施設(ショップやカフェなど)の営業時間と異なることもあります。

休【休館日】
原則として休館日を掲載していますが、メンテナンス等、臨時で休みとなる場合もあるので、ホームページ等で事前にご確認ください。

料【入館料】
シーズンやイベント等により別途料金が必要になることがあります。また、本書の発行後、予告なく変更される場合もありますのでご注意ください。

【バリアフリー情報】
※施設ごとに対応の異なる場合があります。詳細はホームページ等でご確認ください。
- 車いす対応トイレあり
- 入口にスロープあり
- エレベーターあり

・FAX【住所等】
住所／電話番号／アクセス
アクセスは利便性を考慮したルートの一例を掲載しています(所要時間は目安)。交通機関によって運行本数の少ないものや、曜日によって運休するものなどもあるので、出かける前にご確認ください。

※掲載情報は2025年2月現在のものです。最新情報は各施設公式ホームページ(左ページ下に掲載)等でご確認ください。

北海道・東北エリア

HOKKAIDO・TOHOKU

常設展示室ではアイヌ民族の口承文芸や小説、詩、短歌、俳句、川柳、児童文学など、「北海道の文学」を詳しく紹介している

no.01

北海道立文学館

札幌市

常設展のほか年5回ほどのペースで特別展を開催。道内ゆかりの文学者を中心にさまざまなテーマを設定している

北の大地が育んだ文学を網羅

北海道初の総合文学館として1995(平成7)年に開館、それから30年の節目を迎える北海道立文学館では、北海道ゆかりの作家と作品に関連する資料を中心に約38万点所蔵。常設展ではその中から精選された直筆原稿や初版本、書簡など1300点ほどの資料が、時代やテーマ、道産子作家などジャンルごとに展示されているほか、アーカイブコーナーではさまざまな所蔵品を、テーマを設定した小企画展の形式で観ることができる。明治から現代までつながる北海道の文学が網羅されており、北の大地で育まれた文学の流れを詳しく知ることができる。

常設展示以外にも代表的なコレクションとしては萩原朔太郎、宮沢賢治らの初版詩集をはじめ、近代日本の詩集や書籍などを集めた高橋留治文庫や、劇作家・小説家として活躍した久保栄、『石狩平野』『お登勢』で知られる小説家・船山馨の直筆原稿や遺品、脚本などがある。緑豊かな公園散策とともに訪れたい。

❶同館が位置する中島公園には、コンサートホールや明治初期の洋風建築「豊平館」など文化施設も点在 ❷吹き抜けとなっている地下フロアにはくつろげるカフェスペース「オアシス1」も

POINT 壮大なスケールの展示室だ。と言っても、展示室の広さのことではない。もとより広々とした展示空間ではあるが、それでも足りないと主張するかのように、ぎっしりと資料が並ぶ。最初のコーナーはアイヌの口承文芸を集めて記録した知里幸恵や金成マツらの仕事を振り返るもの。その後も、樺太・千島の文学や、異風土としての北海道に憧れた文学者の群像など、この地の文学館ならではの展示が続く。一階のエントランスから地階へ降りていく造りだが、大きなガラス窓から差し込む光は温かい。

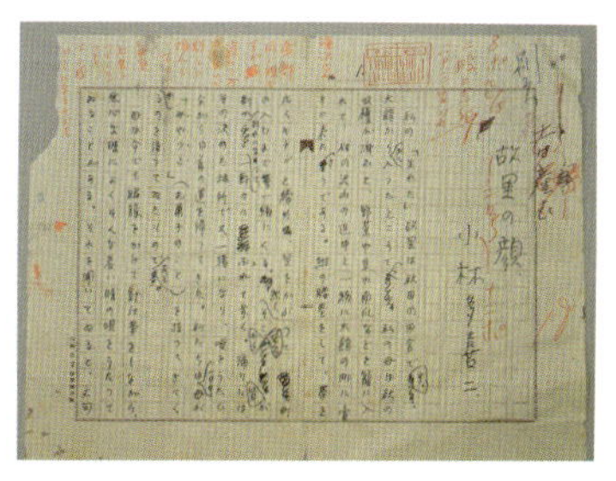
故里の顔
小林多喜二

小林多喜二『故里の顔』直筆原稿(展示は複製)。「女人芸術」1932(昭和7)年1月号掲載

㊗ 9:30～17:00(最終入場30分前)
㊡ 月曜(祝休日は翌平日)、年末年始
㊔ 一般500円ほか

北海道札幌市中央区中島公園1-4
011-511-7655／地下鉄南北線中島公園駅・幌平橋駅→徒歩6分

 https://www.h-bungaku.or.jp/

写真提供:北海道立文学館

遺された写真をもとにリアルに再現された伊藤整の書斎。回転棚は実際に使用していたもの

no.02

市立小樽文学館

小樽市

旧小樽地方貯金局として使用されていた建物は、機能的で合理的なデザイン

港町ゆかりの文学者群像

小樽運河をはじめ、観光都市としても人気が高い小樽。北海道経済の窓口としてにぎわった港町では、多くの作家が生まれている。プロレタリア文学の代表的な小説家・小林多喜二は幼少期から小樽で過ごし、同館には妹宛の献辞が入った署名本『東倶知安行』や戦旗社版『蟹工船』初版、デスマスクなどが展示されている。また、多喜二とともに小樽高等商業高校（小樽商科大学の前身）で学んだ伊藤整が、卒業後、小樽で教員をしながら刊行した詩集『雪明りの路』など、代表的な著作や書簡などを観ることができる。さらに、新聞記者として小樽に赴任した石川啄木など、小樽ゆかりの小説家や詩人、歌人などの著書や資料も多数収蔵している。

作品ゆかりの地を訪ねる文学散歩といったイベントも開催しているほか、同じ建物内には美術館も併設されていて、日本を代表する風景画家・中村善策などの作品も鑑賞することができる。文学とアート、小樽の風土をさまざまな角度から感じられるだろう。

常設展示室には、小林多喜二や伊藤整をはじめとする小樽ゆかりの作家の業績を解説したパネルや写真などが展示紹介されている

紹介されている作家たちの中には、若くして没した人も少なくない。没年を挙げてみれば、左川ちか（24歳）、遠星北斗（27歳）、大野百合子（30歳）、小熊秀雄（39歳）などと続く。過酷な取り調べの犠牲となった小林多喜二は29歳、小樽を3度訪れた石川啄木も26歳で亡くなっている。ただ、館や展示に暗さはない。むしろ、懸命に生きた作家たちが綺羅星のように散りばめられた、北の文学者群像といった印象だ。好きな本を持ち帰ることができる古本コーナーや、セルフサービスのカフェも楽しい。文学館の日常が、作家の仕事に新たな命を吹き込んでいる。

館内の古本コーナー。窓ガラスにはイラストレーターの高山美香が描いた小樽ゆかりの文学者のイラストが

(時) 9:30～17:00（最終入館30分前）
(休) 月曜・祝日の翌日（土・日曜の場合は休まず振替）、年末年始
(料) 一般300円ほか ※スロープは旧手宮線入口のみ

北海道小樽市色内1-9-5
0134-32-2388／JR小樽駅→徒歩10分

 https://www.city.otaru.lg.jp/docs/2020093000181/

写真提供：市立小樽文学館

移転された井上靖邸の書斎と応接間。天井まで届く書棚には、3000冊におよぶ歴史・文学・美術関係の書籍が収められている

no.03

井上靖記念館

旭川市

1991（平成3）年に亡くなるまで、30年以上創作の場であった書斎。愛用していた灰皿なども置かれている

芥川賞を受賞した『闘牛』をはじめ、『天平の甍』『氷壁』などで知られる井上靖は北海道旭川で生まれた。1993(平成5)年に開館した記念館は、井上自筆の取材ノートをはじめ、直筆原稿、愛蔵品など、83年の生涯を紹介する貴重な資料が展示されている。青春時代や新聞記者時代、作家時代など、そのあゆみに触れながら紹介している常設展示室では、敦煌ノートや孔子ノートといった取材ノートや直筆原稿、愛用品、書簡などを展示。中央部分では年3回の企画展が行われ、さまざまな切り口で井上の作品に触れることができる。

さらに、東京都世田谷区にあった井上靖邸から移転、再現している書斎や応接間は、壁一面に造りつけられた書棚や家具、小物類のほか、井上が生涯大切にしていたという陶芸家・河井寛次郎の壺や灰皿、抹茶碗など、細かな部分まで見逃せない。国内外から多くの客人を招き入れ、数々の名作が生まれた書斎を当時のままに観覧することができる。

書斎は小さなミュージアム

❶入口付近には井上ふみ夫人が植樹したナナカマドの木が見られる ❷常設展示室では、幼少時代から晩年まで井上靖の83年にわたる生涯を紹介 ❸井上が生涯大切にしていた河井寛次郎の壺 ❹井上家の家訓として伝わる「養之如春(ようしじょしゅん)」。直筆原稿で座右の銘として紹介している

POINT

東京・世田谷にあった作家の居宅が館内に移築され、公開されている。その本棚を埋め尽くす書籍にまずは心を奪われるが、美術品・工芸品にも目を向けたい。というのも、井上靖と美術との縁にはただならぬものがあるからだ。元々、大阪毎日新聞の学芸部に所属し、美術欄などを担当していた井上は、作家デビュー後も生涯にわたって美術を愛してやまなかった。書斎や応接間は、さながら小さなミュージアムのようだ。イランで出土した壺から河井寛次郎の花器まで、彼の小説世界を支えた想像力のひろがりを追体験できる。

㊡ 9:00〜17:00(最終入館30分前)
㊡ 月曜(祝休日は翌平日)、年末年始
※7・8月は無休
㊙ 一般300円ほか
※入館時段差なし。フロア移動なし

北海道旭川市春光5条7丁目
0166-51-1188／JR旭川駅→バス25分

 https://www.inoue.abs-tomonokai.jp

写真提供:井上靖記念館

no.04

三浦綾子記念文学館

旭川市

本館と分館の周辺には広大な外国樹種見本林が広がり、『氷点』の世界を体感できる。エゾリスや野鳥にも出合えるかも

分館には、夫妻が口述筆記をした書斎を復元展示

1922(大正11)年に旭川で生まれた三浦綾子は、小学校教師や闘病生活、キリスト教との出逢いを経て1964(昭和39)年に『氷点』で作家デビュー。ドラマや映画などでも話題となったデビュー作をはじめ、著作は80以上にもおよぶ。三浦綾子記念文学館は"人はいかに生きるか"を追求した三浦文学のファンの熱い思いと市民運動によって、1998(平成10)年に設立された。

多角形の造りが特徴的な本館と教会風の分館があり、分館には、旭川市内にある居宅から移築された書斎が再現されている。展示室はひかりと愛といのちをテーマに計5室で構成され、生原稿や作品などを観覧することができる。周囲に広がる北海道現存最古の外国樹種見本林は、「北海道は私の文学の根っこ」と語った三浦の聖地。『氷点』の舞台でもある。「三浦文学案内人」が文学館と見本林を案内してくれるサービスも行っているので、訪れる予定が決まったらぜひチェックしておきたい(要予約)。

ひかりと愛といのちの文学館

❶展示室は明るく開放的。三浦文学のすべてがわかりやすく展示されている ❷三浦綾子・光世夫妻の書斎。光世が口述筆記して綾子の執筆をサポートしていた ❸旭川家具が置かれた分館の氷点ラウンジでは、外の景色を眺めながらくつろぐことができる ❹第2展示室では作家への道のりが紹介されている

POINT 作家・三浦綾子と、その創作に寄り添った夫・光世の愛が館内に満ちている。病と闘いながら、デビュー作『氷点』で一躍時代の寵児となり、その後も表現者として生きた綾子。彼女の生涯を支え、二人三脚で作品を生み出していった光世。二人の歩みを軸とした常設展示は、「ひかりと愛といのちの文学館」というキャッチフレーズの通り、明るく、親密さを感じさせる空間だ。さりげなく配された作家旧蔵の美術作品も、あたたかみを感じさせるものばかり。スタッフも来館者も自然と笑顔になってしまう。そんな不思議な力がある。

時 9:00～17:00(最終入館30分前)
休 9～6月は月曜(祝休日は翌平日)、年末年始
※7・8月は無休
料 一般700円ほか

北海道旭川市神楽7条8丁目2番15号
0166-69-2626／JR旭川駅→徒歩20分

写真提供:三浦綾子記念文学館

所有した農場に関する資料など有島の足跡を紹介

no.05

有島記念館

ニセコ町

蝦夷富士と呼ばれる羊蹄山と有島記念館。周囲には有島武郎像や『カインの末裔』冒頭部分を刻んだ文学碑などがある

有島武郎とニセコとのかかわりは、明治期に農場を開いた父より始まる。有島の「相互扶助」の思想のもと無償解放された農場跡に、生誕100年を記念して1978(昭和53)年、有島記念館が設立された。館内では有島の生涯や思想、農場の足跡が紹介されている。

有島は、画家の有島生馬、小説家の里見弴の2人の弟とともに武者小路実篤や志賀直哉らと『白樺』の同人になっている。そして『小さき者へ』『生れ出づる悩み』『或る女』などで文壇の地位を確立、中でも本格的写実小説と評価された代表作『カインの末裔』は、狩太(現ニセコ町)を舞台にした作品だ。自然や社会と調和できず本能のままに生きる農夫の姿がリアルに描かれ、『親子』『秋』を加えた『ニセコ三部作』として記念館で販売されている。有島作品から着想を得た自家焙煎コーヒーを味わえるブックカフェは、羊蹄山やニセコ連山が一望できるくつろぎの空間となっている。

土地と住む人に支えられた記念館

❶雄大な景色を眺めながら、ニセコで人気の珈琲店によるオリジナルブレンドコーヒーなどが味わえる ❷有島の思想にも触れることができる ❸記念館では、ニセコ駅隣接のニセコ鉄道遺産群も管理している。夏から秋にかけて、週末はニセコエクスプレスの前頭部を公開している

POINT

東京に生まれ、学習院中等科、札幌農学校、アメリカなどで学んだ有島武郎。だが、彼は、恵まれた自身の境遇に悩まされていたという。死の前年にあたる1922年にはついに、父から引き継ぎ、地主として管理してきた北海道狩太(現ニセコ町)の土地を小作人に解放した。有島記念館はもともと、このときの農民たちがつくった有島謝恩会にルーツをもつ。土地と、そこに住む人に支えられた記念館なのだ。近年は、イラストレーター藤倉英幸の作品など、コレクションの幅を広げている。館の内外から見上げる羊蹄山の眺めが爽快だ。

時 9:00～17:00(最終入館30分前)
休 月曜、年末年始
料 一般500円ほか
♿ ※入館時段差なし。フロア移動なし

北海道虻田郡ニセコ町字有島57
0136-44-3245／JRニセコ駅→徒歩30分(車5分)

 https://www.town.niseko.lg.jp/arishima_museum

写真提供:有島記念館

常設展示室内では太宰治の愛用品などを観ることができる

no.06

青森県近代文学館

青森市

青森県近代文学館は県立図書館の2階部分に開設されている

多くの個性的な文学者を育んできた青森の風土と文学とのかかわりを、総合的に紹介している青森県近代文学館。常設展示室では青森県を代表する13名の作家を中心に、ゆかりのある作家、青森を舞台とした作品などを紹介している。『人間失格』の構想メモが思いつくままに書き連ねられている太宰治の手帳や、亡くなるまで執筆に使用していた愛用の万年筆、青森で初めて直木賞を受賞した今官一の直木賞正賞腕時計、寺山修司の文学活動の原点を知ることのできる貴重な資料など、ファンならずとも興味深い品々が並ぶ。

このほか、佐藤紅緑、秋田雨雀、石坂洋次郎、北村小松、三浦哲郎など、明治以降の日本文学に大きな影響を与えた作家たちの図書や雑誌、自筆原稿やノート、遺品などが公開されている。収蔵資料は約18万点で常設展示室ではその一部を展示、テーマを設けて年に数回開催されている企画展では、普段公開されていない収蔵品も観ることができる。

青森を代表する作家たちを一堂に

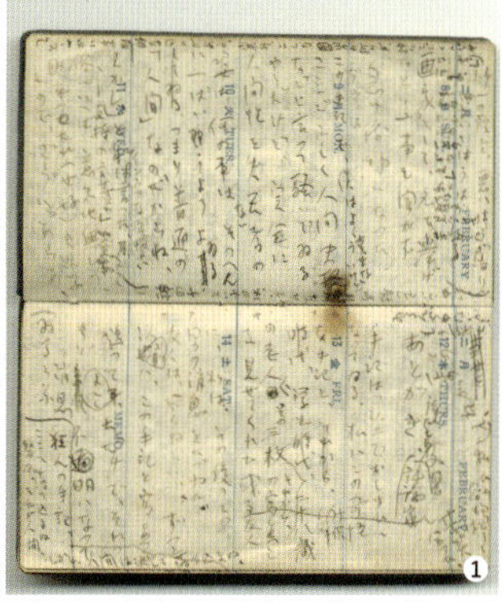

❶太宰治が構想メモとして使っていた手帳。日付入りの所定欄を無視し、『人間失格』の構想が書き連ねてある ❷青森県を代表する13人のほか、県ゆかりの作家33人をジャンルごとに紹介 ❸今官一が1956(昭和31)年に短篇集『壁の花』で第35回直木賞を受賞した際の腕時計。直木賞・芥川賞の正賞は基本的に懐中時計だが、戦後の一時期は腕時計が贈られた ❹野脇中学校文芸部3年生によって刊行された『白鳥』。寺山修司はこの中で約90点の作品を発表、創刊の辞や編集人にも名を連ねている

POINT 県立図書館の立派なエントランスホールから、階段を上って2階へ。無料で入館できる文学館だが、企画展示室も含めるとかなりボリューム感がある。常設展示は、太宰治、寺山修司、石坂洋次郎など、13人の作家に重点を置いた構成。文学館のたとえとしてはふさわしくないかもしれないが、各作家のコーナーがずらりと並ぶ様子は、よい意味で、商店街のように賑やかだ。懐中時計、模型の飛行機、聖書、煙草入れ、執筆メモ…。作家たちの遺愛の品を見比べるのも愉しい。原稿や書簡によって13人の文字を比較する、といった楽しみ方も。

(時) 9:00～17:00
(休) 第4木曜、奇数月第2水曜、4月1日、年末年始
(料) 無料 

青森県青森市荒川藤戸119-7
017-739-2575／JR青森駅→バス20分

画像提供:青森県近代文学館

no.07

太宰治記念館「斜陽館」

五所川原市

明治時代に建てられた貴重な木造建築は、国の重要文化財にも指定。太宰は『苦悩の年鑑』で「ひどく大きい家を建てた。風情も何も無い、ただ大きいのである」と書いている

第一の手記

人間失格

太宰治

はしがき

自伝的小説とされる『人間失格』の書き出し部分が観られる

2階へと続く階段は、当時の洋風建築のような雰囲気がただよう

文豪・太宰治の生家として知られる「斜陽館」。大地主だった太宰の父・津島源右衛門が1907(明治40)年に建てた和風住宅で、太宰は竣工の2年後に生まれている。入母屋造りの建物は1階11室、2階8室、さらに米蔵や庭園など合わせて680坪の豪邸。戦後は多くのファンが訪れる旅館となっていたが、現在は記念館として太宰ゆかりの品々が展示されている。

米蔵を利用した展示室では、太宰の執筆用具や直筆原稿、書簡などのほか、初版本など約300点の貴重な資料を公開。生前着用していた二重廻しと呼ばれるマントや袴なども あり、そのたたずまいを伝えている。

また、襖の漢詩に「斜陽」の文字がある斜陽の間や、寝そべってサイダーをがぶ飲みしたと『津軽』に書かれたソファーのある応接室も見どころ。

館内には記念撮影用のマントがあり、土産物には初版本をデザインしたノートなども人気だ。建物としての魅力もたっぷり詰まった記念館を隅々まで堪能したい。

多くのファンが訪れる文豪の生家

❶貴重な『走ラヌ名馬』の直筆原稿をはじめ、太宰が着用していたマントや羽織袴、初版本、川端康成への書簡などが並ぶ ❷太宰の父が当時経営中の金融業店舗を兼ねた住宅として竣工。米蔵にいたるまで青森ヒバを使って建てられている豪邸は、東北豪商の館としても見ごたえがある ❸『走れメロス』『斜陽』など、多くの名作を残した太宰治。中学進学のために青森市へ転居するまで、この家で13年間暮らした

POINT 太宰治の父・津島源右衛門が1907年に建てた和洋折衷の大邸宅が、現在、記念館となっている。ヒバ材をふんだんに用いた造りで、建築だけでも十分に見応えがある。また、太宰が生まれた小さな和室、幼い頃の遊び場だった炉端、弟と忍び込んで叱られた米蔵など、この作家にまつわるエピソードにも事欠かない。蔵を利用した展示室では貴重な資料の展示も。タイ語やモンゴル語など、さまざまな言語に翻訳された太宰作品が興味深い。つやのある板張りの床は、ところどころで、重々しく軋む音を立てる。太宰が日常的に聴いた音かもしれない。

(時) 9:00～17:00(最終入館30分前)
(休) 12月29日
(料) 一般600円ほか
青森県五所川原市金木町朝日山412-1
0173-53-2020/津軽鉄道金木駅→徒歩7分

写真提供:五所川原市教育委員会

ホワイエ棟外壁には、寺山と交流のあった約30人のメッセージや、寺山作品を題材にした陶板が貼り込まれている

no.08

三沢市寺山修司記念館

三沢市

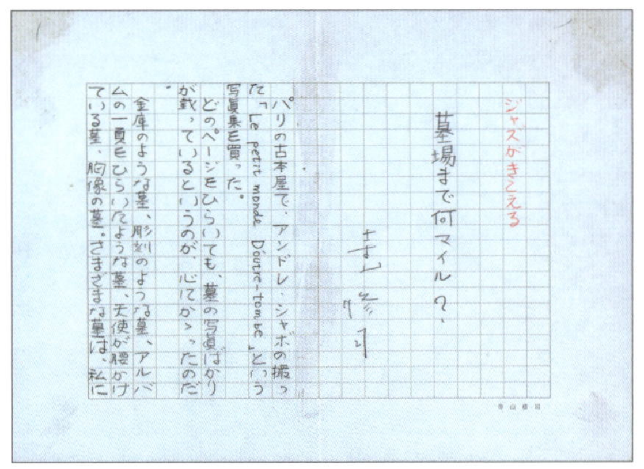

ジャズがきこえる

墓場まで何マイル?、

寺山修司

パリの古本屋で、アンドレ・シャボの撮った「Le petit monde Doutre-tombe」という写真集を買った。

どのページをひらいても、墓の写真ばかりが載っているというのが、心にかかったのだ。

金庫のような墓、彫刻のような墓、アルバムの一頁をひらいたような墓、天使が腰かけている墓、胸像の墓。さまざまな墓は、私に

寺山修司

絶筆となった
エッセイ『墓場まで何マイル?』

生誕90年の節目を迎える寺山修司は、1935(昭和11)年、弘前市生まれ。俳句や短歌を皮切りに、ラジオやテレビ、映画など、マルチに活躍したが、47歳の若さでこの世を去る。その後、母より寄贈された遺品を保存・公開するため、3年の月日をかけて1997(平成9)年に記念館が開館した。一見奇抜に見える建物は、寺山と親しかった粟津潔のデザインをもとに、主宰した劇団「天井桟敷」のメンバーなどからアドバイスを受けてできたものだ。

展示室は中央に広がる舞台を中心に、「天井桟敷」の劇場をイメージした空間。見て触って楽しめる展示で、シュールなテラヤマ・ワールドを堪能できる。その下には11の机が置かれ、引き出しを開けて直筆原稿や手紙、台本、愛蔵品などを鑑賞していく。展示のテーマになっているのは、寺山の足跡を"探す"こと。詩歌、俳句、映画、演劇、作詞、競馬評論など、幅広く、さまざまな形で残されている寺山の姿を探してみよう。

引き出しから見つかるテラヤマ・ワールド

❶主な展示は机の引き出し。机の上には電気スタンドと懐中電灯が置かれている ❷机の引き出しを開け、懐中電灯で照らして鑑賞 ❸記念館から徒歩5分ほどの小田内沼畔に文学碑が立つ。散策道には寺山の歌碑も ❹文学のみならず幅広いジャンルの第一線で活躍した寺山。「職業は、寺山修司です」と名乗っていた

POINT

押すのか、引くのか、はたまた自動ドアなのか…。見た目だけでは判然としない奇怪なドア。来館者を歓迎しつつ、同時に挑発もするような、そんなドアを恐る恐るくぐると、そこは寺山修司の世界だ。常設展示は、広い空間に並ぶ11の机から始まる。懐中電灯を手に、机の引き出しを一つずつ開けながら、資料と出会っていくという趣向だ。逃げていく寺山修司の姿を追う探偵にでもなったかのように、来館者は進んでいく。展示構成は、寺山とも一緒に仕事をしたグラフィックデザインの奇才・粟津潔によるもの。寺山の世界に酔う、唯一無二の空間だ。

㊕ 9:00～17:00(最終入館30分前)
㊡ 月曜(祝休日は翌平日)、年末年始
※8月1～3週は開館
㊙ 一般330円ほか(企画展開催中は550円)
※入館時段差なし、フロア移動なし

青森県三沢市大字三沢字淋代平116-2955
0176-59-3434／青い森鉄道三沢駅→車17分

みさわしてらやましゅうじきねんかん

 https://www.terayamaworld.com/museum.html 写真提供:三沢市寺山修司記念館

三角屋根の石川啄木記念館は、生誕100年を記念して1986（昭和61）年に建てられたもの。玉山歴史民俗資料館を含む複合施設としてリニューアルする

no.09

石川啄木記念館

盛岡市

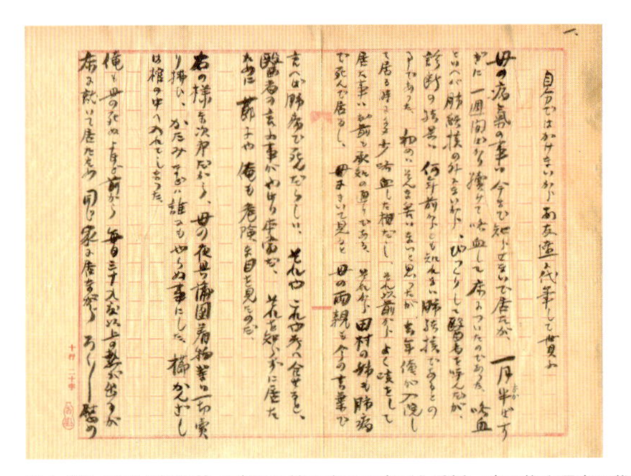

啄木が亡くなる3週間前、2歳下の妹の光子に宛てた手紙。病に伏す啄木に代わり、友人・丸谷喜市が代筆した。啄木最後の書簡と推定される「ラストレター」

歌集『一握の砂』『悲しき玩具』などで知られ、日常の中で感じる思いを詠んだ歌が多くの人の共感を得た歌人・石川啄木。1970(昭和45)年、啄木の故郷である盛岡市渋民に開館した記念館では、啄木の書簡やノート、日誌や遺品などの資料を収蔵・展示。わずか26年2か月の生涯ながら、近代日本を代表する歌人に数えられる啄木の作品や人生を振り返ることができる。敷地内には、啄木が代用教員を務めた旧渋民尋常高等小学校や間借りしていた旧齊藤家も移築されていて、当時の生活風景を思わせてくれる。

常設展示を一新、啄木への新たなアプローチ

記念館は2025年4月に、「玉山歴史民俗資料館」を併設し、複合施設としてリニューアルオープンする。常設展示の内容を一新し、折々の短歌や資料とともに生涯を回想できる年表や、大正時代の第1号歌碑から現在まで続く顕彰活動など、新たなアプローチで啄木の魅力に迫る。故郷である渋民の風土や歴史とともに、啄木の原点から終焉までたどることができる。

❶啄木24歳のときに出版された第1歌集『一握の砂』。表紙絵は新聞社時代の同僚で夏目漱石の挿絵も手掛けた名取春仙 ❷教え子の送別会で啄木が弾いたリードオルガン

POINT みずみずしい歌や詩のために、今日でもファンが多い石川啄木。我々に近い時代を生きた作家だと錯覚してしまうが、実際には大正年間も見ぬうちに、明治45年、26歳で夭逝している。記念館とその周辺を歩けば、その時代の雰囲気を追体験できる。特に、敷地内に移築された渋民尋常小学校は必見だ。啄木が育ち、後に教員として赴任した校舎に、在りし日の姿を想う。記念館では彼の文字も味わえる。原稿用紙のマス目を埋める丁寧な文字。そうかと思えば、友人に宛てたハガキでは飾らない文字が生き生きと躍る。息遣いが聞こえるようだ。

(時) 9:00～17:00(最終入館30分前)
(休) 月曜(祝休日は翌平日)、年末年始
※2025年4月リニューアルオープン予定
(料) 一般300円ほか ※フロア移動なし

岩手県盛岡市渋民字渋民9
019-683-2315／JR沼宮内駅→バス25分

 https://www.mfca.jp/takuboku/

写真提供:石川啄木記念館

「賢治のフィールド」では賢治の生涯やその時代、周辺を紹介。さまざまな人に向けた賢治のメッセージなどにスポットを当てている

no.10

宮沢賢治記念館

花巻市

賢治の描くイーハトーブの世界へ

『新校本　宮澤賢治全集』には、詩、童話、短歌、歌曲、絵画など、宮沢賢治が手掛けたさまざまなジャンルの作品が収められている。多彩で独自の世界を創り出した賢治に出会える施設として誕生したのが、花巻市胡四王山（こしおうさん）に開館した宮沢賢治記念館だ。展示は賢治の心象を鍵に、科学や芸術、宇宙、宗教、農の5つの分野で具体像に迫っている。『雨ニモマケズ』や『銀河鉄道の夜』草稿、生前愛用したセロ（チェロ）、鉱石などの幅広い展示物と解説、創作過程や研究成果などが紹介され、賢治の描くイーハトーブの世界に思いを寄せることができる。

館内には花巻市内が一望できる展望ラウンジや、映像や音楽を通して作

展示コーナーは5つの分野から賢治の描く世界にアプローチしている

1982(昭和57)年に開館。入口では『猫の事務所』に出てくる書記の猫が出迎えてくれる

品に触れる賢治サロン、記念館南側の「ポランの広場」では、賢治の設計書をもとに再現された日時計花壇も見られる。周辺には賢治に関する図書や論文などが閲覧できる「宮沢賢治イーハトーブ館」、賢治童話の世界を体感できる「宮沢賢治童話村」なども。魅力あふれる賢治の世界をさまざまな角度から楽しみたい。

POINT 宮沢賢治記念館と宮沢賢治童話村、両方あわせて訪れたい。作家の記念館や文学館は、「言葉」が主体の館になりがちだ。子ども連れだと、足が遠のくこともあるだろう。その点、宮沢賢治童話村は、子どもも大いに楽しめる工夫が満載の館だから、ご安心を。賢治の作品に迷い込んだかのような、動きのある展示室が、想像力を刺激してくれる。記念館のほうは、彼の芸術観や宗教観、農業や科学との関わりなどを紹介する、多角的な展示構成だ。遺愛の品や自筆の原稿などを見ていると、知らぬ間に引き込まれ、つい時間を忘れてしまう。忙しいはずの大人を、一瞬子どもに変えるのも、賢治の魔法だろうか。

賢治の童話や詩に登場する鉱石が紹介されている

時 8:30～17:00
休 12月28日～1月1日
料 一般350円

岩手県花巻市矢沢第1地割1番地36
0198-31-2319／JR新花巻駅→車3分

https://www.city.hanamaki.iwate.jp/miyazawakenji/kinenkan/index.html

写真提供：宮沢賢治記念館

緑あふれる詩歌の森公園の一角にある

no.11

日本現代詩歌文学館

北上市

詩、短歌、俳句、川柳の直筆作品やオブジェなど、目で見て楽しめる展示

明治以降の日本の詩、短歌、俳句、川柳の作品集やアンソロジー、評論集や研究書、同人誌にいたるまで、詩歌に関連するものを広く収集している全国唯一の文学館。詩人、出版関係者などを中心とした設立運動によって1990（平成2）年に開館し、庶民性が高いと言われている日本の詩歌の特性をふまえ、有名・無名を問わず資料を収集するのが基本方針。詩歌のことならここだと思わせる、詩歌専門の文学館だ。

企画展や、年度ごとに定めたテーマに沿って詩人、歌人、俳人、川柳作家などの直筆資料を展示する年度常設展を中心に、読むだけでなく目で楽しめる展示や短歌、俳句の鑑賞、作品作りを学べる講座など、だれでも詩歌に親しむことができる。館内には設立に尽力した、名誉館長・井上靖の記念室があり、詩業を中心に展示。同館は詩歌の森公園内にあり、隣接地には俳人で盛岡市出身の山口青邨の居宅と庭（雑草園）が、東京都杉並区から移築復元されている。

言葉が満ちる〝詩歌専門〟の総合文学館

❶山口青邨は自ら庭を〝雑草園〟と呼び、「私の只一つの贅沢」と語っていた。青邨宅内部は4月～11月の10:00～16:00まで公開 ❷名誉館長だった井上靖の詩の世界を、宝石箱をイメージした部屋でさまざまな仕掛けとともに楽しめる ❸閲覧室には全国の同人誌などが並び、気軽に手にとって見ることができる

POINT

館内に言葉が満ちている。「文学館」なのだから当たり前だと言われてしまいそうだが、この館では、展示室以外の通路や壁まで、詩歌に親しむ人たちの作品がいたるところに展示されているのだ。一角には、無料休憩所として利用できるカフェと、子ども向けの詩歌の本を並べたコーナーがとなり合い、地域の憩いの場ともなっている。靴を脱いで上がる井上靖記念室では、詩の入った箱を開けて読む、宝探しのような展示が楽しい。さらに、詩歌に関連する全国の雑誌がずらりと並ぶ閲覧室の書棚も壮観だ。

㊡ 9:00～17:00（山口青邨宅10:00～16:00）
㊡ 月曜、年末年始
※山口青邨宅は12～3月閉鎖
㊎ 無料　※一部の展示会では要入場料

岩手県北上市本石町2-5-60
0197-65-1728／JR柳原駅→徒歩3分、またはJR北上駅→車6分

北海道・東北
にほんげんだいしいかぶんがくかん

写真提供：日本現代詩歌文学館

敷地面積は6万3000㎡。展示だけでなく、緑豊かな敷地の散策も楽しめる

no.12

仙台文学館

仙台市

カフェ「ひざしの杜」では、展示にちなんだ特別メニューも

自然との共生を考えられた造り。館内には自然光が広がる

奥に連なる台原森林公園の入口にもなっている仙台文学館は、近代的な建物でありながら自然豊かな周囲の環境に溶け込み、文化と自然との橋渡しをしてくれるようなたたずまい。日差しが注ぎ込む館内に足を踏み入れると、まさに〝ことばの杜〟だ。

詩人・土井晩翠や東北学院の教師として赴任していた島崎藤村、この地で医学を学びながら文学の道に進む決意をした魯迅など、仙台に生まれ、暮らし、あるいは仙台で青春の一時期を過ごした文学者は数多い。同館には、ゆかりの作家や仙台を舞台にした作品など約14万点ほどの資料が所蔵され、初代館長を務めた劇作家・小説家の井上ひさしをはじめ、佐伯一麦や熊谷達也、伊坂幸太郎といった現代を代表する作家たち、漫画家のいがらしみきおの展示コーナーなども充実している。海や山、川と自然環境に恵まれた仙台の地が多くの作品に与えた影響、また、そこで生まれてきたことばの力を感じてみよう。

やわらかな光に包まれることばの杜へ

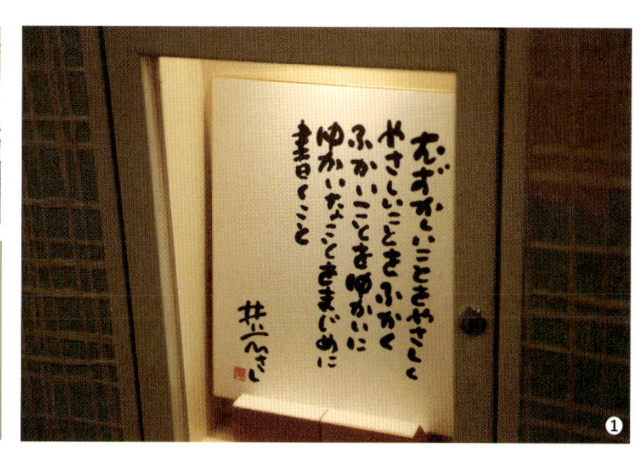

❶文学館の初代館長を務めた井上ひさしの色紙 ❷文学のゆりかご・仙台。多感な青春時代を仙台で過ごした作家たちを紹介 ❸「震災と表現」をテーマとしたコーナー

POINT

「ことばの杜をあるこう」というキャッチフレーズにふさわしい、明るい館内が印象的だ。常設展示で紹介される作家陣も、不思議と、立派な〝殿堂〟よりも〝杜〟のイメージがよく似合う顔ぶれではないだろうか。館長でもあった井上ひさしを皮切りに、向田邦子、北杜夫、佐伯一麦（現館長）、小池真理子、恩田陸、伊坂幸太郎…。そこにさらに、漫画家のいがらしみきおや仙台にゆかりがあった魯迅が加わり、賑やかに展示室を彩る。「震災と表現」のコーナーも胸に迫る。ことばの力をもう一度思い出すことができる、風通しのよい杜の文学館だ。

㊙ 9:00～17:00（最終入館30分前）
㊡ 月曜（祝休日は翌平日）、1～11月の第4木曜（休日除く）、年末年始
㊕ 一般460円ほか　※特別展・企画展は別途料金
※入館時駐車場よりフラットに移動可能

宮城県仙台市青葉区北根2-7-1
022-271-3020／JR仙台駅→バス25分→徒歩5分

 https://www.sendai-lit.jp/

写真提供：仙台文学館

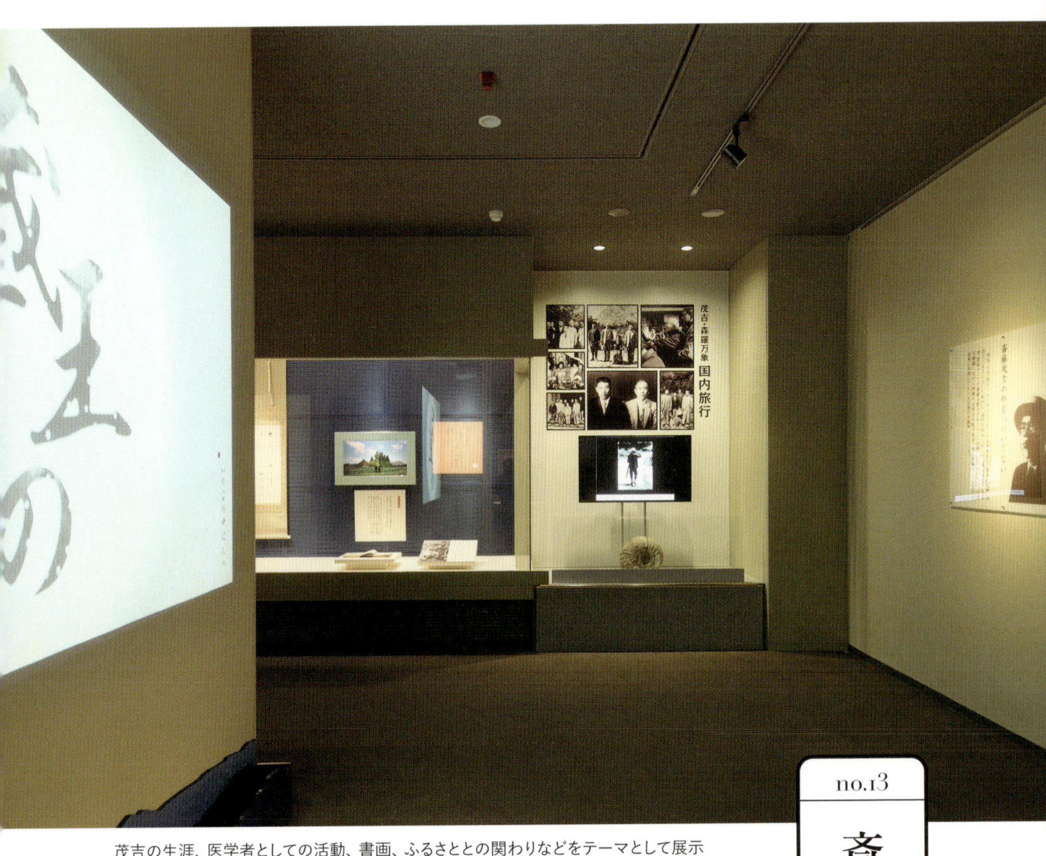

茂吉の生涯、医学者としての活動、書画、ふるさととの関わりなどをテーマとして展示

no.13

斎藤茂吉記念館

上山市

記念館は、多くの美術館や記念館を手がけた建築家・谷口吉郎によって設計。のちの改修・増築時には息子の谷口吉生が携わっている

東に蔵王連峰を仰ぐ山形県上山市。アララギ派の歌人で、近代文学史上に大きな足跡を残す斎藤茂吉の記念館は、風光明媚な丘の上に建つ。

常設展示室では、茂吉の自筆原稿や書画、遺品などをテーマに沿って紹介。『赤光（しゃっこう）』をはじめ、全17冊の歌集を出し、1万7000首あまりの歌を詠んだその生涯や作歌姿勢、精神科医でもあった茂吉を、さまざまな角度から紹介している。

館内には、茂吉が晩年を過ごした自宅の一部を再現。居室を中心に、家族や門人など茂吉と近しい人々のゆかりの品や作品資料が展示されている。ロビーに設置された朗詠機では、茂吉の肉声による短歌朗詠も楽しむことができる。

同館が位置するみゆき公園には、茂吉が勉強部屋として使っていた神奈川県箱根町の斎藤家別荘離れが移築されているほか、歌碑もある。茂吉もよく足を運び、歌を作りながら心を癒やしたという公園も散策してみよう。

未来へつなぐ斎藤茂吉と短歌の魅力

❶茂吉画賛『栗』❷1943（昭和18）年に上山に帰郷したときに書かれた短冊。第10歌集『白桃』に収載されている ❸1913（大正2）年発行の処女歌集『赤光』。当時の歌壇に大きな影響を与えた ❹茂吉が描いた水彩画をデザインした有田焼小皿セット（2500円）

POINT

蔵王の山々を遠くに仰ぎながら、静かに時を刻む記念館である。開館は1968年。最初の建築は谷口吉郎が手がけた。谷口が、東京国立近代美術館本館や東京国立博物館東洋館といった代表作を次々と完成させていた、いわば脂がのり切った時期の作例だ。1989年には、その谷口の息子である谷口吉生によって増築が行われ、さらに2018年にもリニューアルが施されている。開館にあたって尽力した守谷誠二郎・ふみ夫妻の記念室や、子どもたちに向けた取り組みなどにも注目したい。作品が読み継がれるように、記念館も受け継がれていく。

㊐ 9:00～17:00（最終入館15分前）
㊡ 水曜（祝休日は翌平日）、7月第2週の日曜～土曜、年末年始
㊕ 一般600円
山形県上山市北町字弁天1421
023-672-7227／JR茂吉記念館前駅→徒歩3分

写真提供：斎藤茂吉記念館

美しく色づく秋の庭園。四季折々の草木が見られる庭園の散策もおすすめ

no.14

こおりやま文学の森資料館

郡山市

常設展示室では郡山ゆかりの10名の作家について紹介されている

郡山発展の礎となった開成山の地にある、こおりやま文学の森。敷地内には郡山市文学資料館と久米正雄記念館があり、それを囲むように四季折々に美しい景観を見せる庭園が広がる。文学資料館では郡山とかかわりの深い作家を中心に、その足跡や作品を紹介。母の実家となるこの地に暮らし、安積中学校(現安積高校)で学んだ久米正雄や、開拓の中心人物となった中條政恒を祖父に持ち、幼少期には毎年この地に滞在した宮本百合子といったゆかりの作家の原稿や書簡などを公開している。常設展のほか、年数回の企画展も開催されている。

敷地内の久米正雄記念館は、資料館のオープンにあわせ2000(平成12)年に鎌倉から移築された邸宅。白壁の洋風な建物だが裏に回ると純和風の部屋という和洋折衷の造りで、作家生活の後半をこの家で過ごした終の棲家だ。しばしば編集者が書き上がる原稿を待つための場だったという応接室など、華麗なる鎌倉文士であった久米の生活の一端に触れてみよう。

コンパクトながら充実の展示

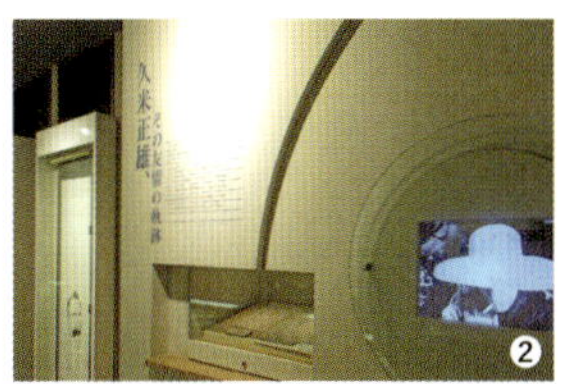

❶文学資料館と久米正雄記念館を囲むように庭園が整備されている ❷久米と同級だった芥川龍之介・菊池寛等の映像を見ることができる ❸久米正雄自慢の絵画コレクションが掛けられた応接室

漫画家・横山隆一による胸像をもとに制作された久米正雄の像

POINT 郡山ゆかりの作家たちの業績を顕彰する文学資料館、そして久米正雄記念館に加え、四季折々の自然が織り成す庭園は見応え十分だ。ゆかりの作家の一人として宮本百合子。郡山の近代化に貢献した中條政恒の孫にあたる彼女は、祖父の事業が生んだ開拓民の貧困に直面し、そこから文学の道に進む。あるいは県立安積高校(旧制安積中学)。芥川賞作家を3人も輩出した高校は全国的にも稀だという。同じ敷地内にある久米正雄記念館も必見だ。記念館前に設置された久米の像は漫画家・横山隆一によるもの。味のある表情が見るものの足を引き留める。

(時) 10:00～17:00(最終入館30分前)
(休) 月曜(祝休日は翌平日)、年末年始、館内整理日
(料) 一般200円ほか
※入館時段差なし、フロア移動なし

福島県郡山市豊田町3-5
024-991-7610／JR郡山駅→バス15分→徒歩1分

 https://www.bunka-manabi.or.jp/bungakunomori/ 写真提供:こおりやま文学の森資料館

アトリウムロビー正面から一望できる阿武隈山系

no.15

いわき市立草野心平記念文学館

いわき市

雄大な自然に囲まれた山腹に位置している

草野心平　1977年（小林正昭撮影）

詩人・草野心平は、1903(明治36)年に福島県石城郡上小川村(現在のいわき市小川町)で生まれた。記念文学館は1998(平成10)年、生涯に1400篇あまりの詩を残した心平の故郷であるこの地に開館。ロビーから一望できる阿武隈山系は、心平が16歳まで暮らした故郷の情景だ。

心平の生涯と作品を紹介している常設展示室は、時間の経過とともに音や光が変化し、カエルや虫たちの声、水のせせらぎと光の色の組み合わせによって、心平の「すべてのものと共に生きる」作品世界を体感できる仕組み。85年間に渡る歩みをたどるタイムトンネルのような展示や、心平自身の肉声による自作詩朗読コーナーもあり、さまざまな角度から詩人・草野心平の魅力に迫ることができる。文学プラザには原稿用紙が用意され、来館者は自由に詩作ができるのでぜひチャレンジしてみたい。作品は後日、同プラザで画像を閲覧することも可能だ。7・8月の土曜日は20時まで開館し、コンサートなどの多彩な催しも開催している。

詩の魅力を伝える創作の原風景

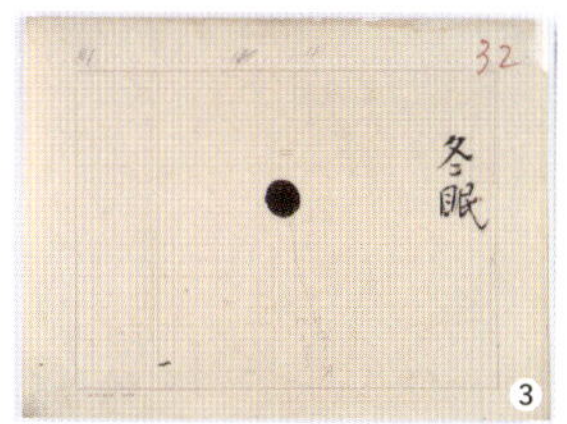

❶ジグザグロードとも言える心平の生涯や作品を紹介 ❷居酒屋「火の車」。心平がカウンターで包丁を握り、奥の四畳半で寝起きをして健筆をふるったという ❸草野心平自筆原稿「冬眠」。「最も短い詩」とも称される

POINT

詩人の魅力を多角的に伝える常設展示には、種々の工夫が凝らされている。展示室の中央を貫く、トンネル状の年譜コーナーは、主な事績や関連資料が時間軸に沿って紹介されていく、オーソドックスな展示。しかし、そこにドラマがある。山里の自然と遊んだ幼少期。中国・広東で学んだ青年期。駆け出しのころの赤貧生活。雑誌『歴程』を中心とする活躍。12年間にわたって毎年1冊の詩集を刊行した、鬼気迫る晩年。一見親しみやすい彼の詩を貫いていた、創作のすごみを垣間見れる。また、心平の詩的世界の中でも特に独創性にあふれ、絵画や記号のような表現手法や擬音(オノマトペ)が特徴的な作品などを紹介しているコーナーでは、観る人の想像が無限に広がっていく。

㊋ 9:00～17:00(7・8月の土曜は～20:00いずれも最終入館30分前)
㊡ 月曜(祝休日は翌平日)、年末年始
㊑ 一般440円ほか ※フロア移動なし

福島県いわき市小川町高萩字下夕道1-39
0246-83-0005／JRいわき駅→車20分

 http://www.k-shimpei.jp/

写真提供：いわき市立草野心平記念文学館

モデルコース①／JR新花巻駅起点

作品世界に没入プラン

宮沢賢治を感じるイーハトーブの地へ

宮沢賢治ゆかりの地・岩手県花巻市には、記念館をはじめとする観光スポットが点在。作品の原風景や、そこに息づく賢治の足跡をたどることができる。多彩なジャンルで数々の作品を残した賢治の世界を、目や耳、肌で感じてみよう。

提供　花巻市

● 宮沢賢治イーハトーブ館、ポランの広場

書籍や芸術作品、研究論文など賢治にまつわる資料を公開しているイーハトーブ館では、だれでも気軽に賢治の世界に触れることができる。ポランの広場で、賢治が設計した花壇を見ながら記念館へ向かおう。

● Wildcat House 山猫軒

記念館駐車場内にある「注文の多い料理店」をモチーフにしたレストラン。花巻の郷土料理が味わえるイーハトーブ定食や山猫すいとんセットなどが人気。お土産にぴったりなオリジナル商品などもそろう。

おすすめグルメ

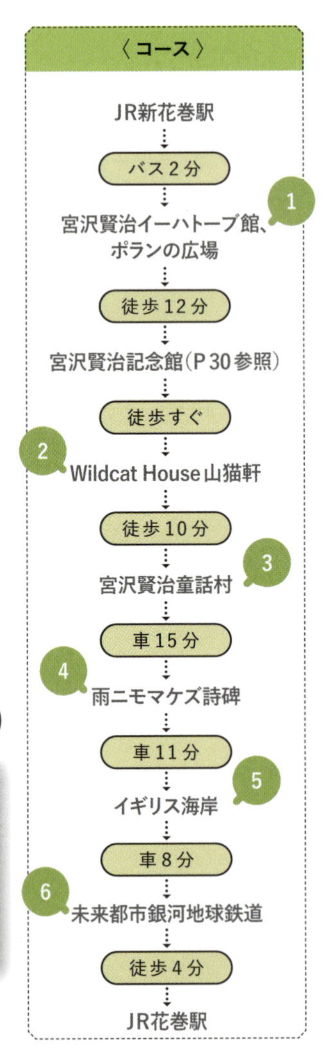

〈コース〉

JR新花巻駅
↓ バス2分
1 宮沢賢治イーハトーブ館、ポランの広場
↓ 徒歩12分
宮沢賢治記念館（P30参照）
↓ 徒歩すぐ
2 Wildcat House 山猫軒
↓ 徒歩10分
3 宮沢賢治童話村
↓ 車15分
4 雨ニモマケズ詩碑
↓ 車11分
5 イギリス海岸
↓ 車8分
6 未来都市銀河地球鉄道
↓ 徒歩4分
JR花巻駅

3

宮沢賢治童話村

賢治童話の世界で楽しく学ぶ"楽習(がくしゅう)"施設。銀河ステーションや天空広場、メインの賢治の学校など、ジョバンニや又三郎、山猫がでてきそうな空間で、イーハトーブの世界を堪能することができる。

5

イギリス海岸

北上川河畔にある「イギリス海岸」は、賢治が農学校教諭時代に生徒を連れて訪れた場所。イギリスのドーバー海峡の白亜の海岸を連想させることにちなみ、賢治が「イギリス海岸」と名付けた。散歩道が整備されているので、川のせせらぎや野鳥の声を聴きながら散策するのもおすすめ。

4

雨ニモマケズ詩碑

賢治が自炊しながら農業指導を行った「羅須地人協会」があった場所に立つ。文字は高村光太郎の書。石碑の前から一望できる「下ノ畑」は賢治が耕した地で、ファンにとって聖地ともいえる場所だ。

提供　花巻市

6

未来都市銀河地球鉄道

「銀河鉄道の夜」をイメージさせる幻想的な絵が、高さ10m、長さ80mもの壁に浮かび上がる(日没～22時)。駅前の「なはんプラザ」北側玄関には、童話をモチーフにしたからくり時計も。長針が12時を指すと賢治作の曲をアレンジしたメロディーとともに、童話の登場人物が現れる(10～22時)。

column1

文学館で本を買う

文学館で本を購入したことはありますか？

普段は書店で、あるいはオンラインショップで本を買うという方も、文学館に立ち寄った際にはぜひ、ショップで本を手にとってみてください。きっと、新しい出会いがあるはずです。

文学館で本を買うメリットの一つは、本を読む気分が否応なく高まっていること。展示をみて、作家に興味を持ち、何か一冊買い入れてみる。すると、いつもはすぐに読み始めない方も（いわゆる「積読」状態になりがちな方も）、不思議なことにすらすらと本が読めてしまうと思います。鉄は熱いうちに、ではないですが、本との出会いにも「適温」があるのかもしれません。

書店ではなかなか見かけない本と、偶然、出会うこともあります。その作家の代表作数点は書店でも目にとまりやすいものですが、隠れた秀作、少し古いベストセラーなどになれば、意外と出会いにくいもの。そうした掘り出し物と出会うのも、文学館で本を買うことの楽しみです。

Nobutaka Imamura

関東エリア

KANTO

萩原朔太郎の資料について全国一の質と量を誇る

no.16

萩原朔太郎記念・水と緑と詩のまち 前橋文学館

前橋市

朔太郎が謳った広瀬川のほとりにある前橋文学館

「近代詩のふるさと」といわれる前橋は、詩壇に大きな足跡を残した萩原朔太郎生誕の地。朔太郎をはじめとする群馬ゆかりの詩人の資料を展示している前橋文学館は、1993（平成5）年に開館。なかでも萩原朔太郎関連の資料は、ノートや自筆原稿、書簡、愛蔵品など、全国一の質と量を誇る。口語の緊迫したリズムで鮮烈なイメージを表現した第1詩集『月に吠える』で口語自由詩を確立した朔太郎の生涯や業績などを、幅広く多角的に知ることができるだろう。朔太郎自身による詩の朗読やムットーニ（武藤政彦）による、詩の世界をモチーフに作られたからくりボックスシアターもチェックしよう。

文学館は朔太郎が謳った広瀬川の河畔に建ち、川を挟んだ向かい側には萩原朔太郎記念館がある。1901（明治34）年頃に建てられた土蔵や、名作を残した書斎、離れ座敷などが移築復元されているのでぜひ足を運びたい。付近は多くの歌碑もあり散策にもぴったりだ。

水と緑に囲まれた近代詩のふるさとへ

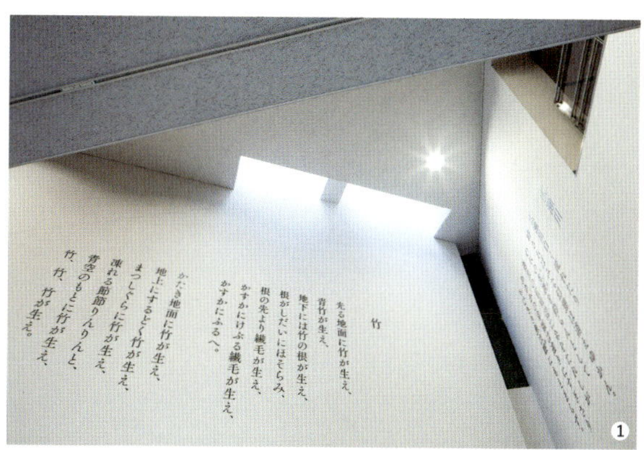

❶壁面など館内のいたるところに朔太郎の詩が記されている ❷『月に吠える』感情詩社・白日社刊　1917（大正6）年（前橋文学館所蔵） ❸広瀬川を挟んで向かい側にある萩原朔太郎記念館

POINT

「広瀬川白く流れたり　時さればみな幻想は消えゆかん」。萩原朔太郎がそう謳った広瀬川のほとりに、文学館が建てられている。季節によってごうごうと音を立てる、水量豊かなその流れの縁に実際に立ってみるだけでも、耳に馴染んだ詩のイメージが少しばかり変わるかもしれない。豊富な資料を誇る朔太郎展示室や、広瀬川を挟んで向かい側にある萩原朔太郎記念館も必見だ。

晩年の萩原朔太郎（昭和15～16年頃）

(時) 9:00～17:00（最終入館30分前）
(休) 水曜、年末年始
(料) 常設展100円、企画展は別料金

群馬県前橋市千代田町3-12-10
027-235-8011／JR前橋駅→バス7分

 https://www.maebashibungakukan.jp/

写真提供：萩原朔太郎記念・水と緑と詩のまち前橋文学館

no.17

田山花袋記念文学館

館林市

復元された書斎。彼が愛用していた品々や初版本、書簡、日記などが展示されている

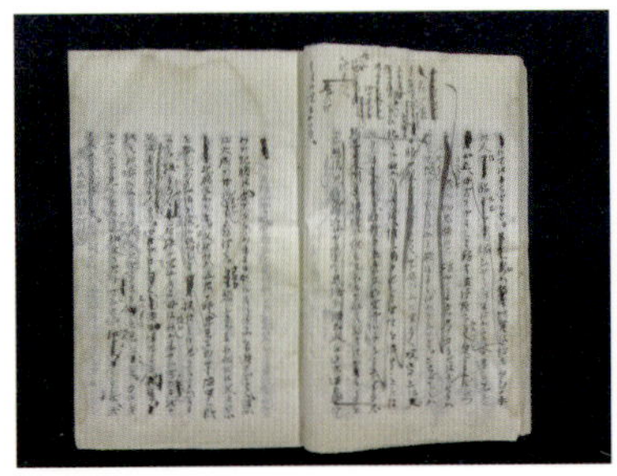

自筆原稿『ふる郷』

『ふる郷』表紙

いわゆる私小説の源流となる自然主義文学を『蒲団』で確立、文学一筋にその一生を歩んだ田山花袋は、1872(明治4)年、館林に生まれた。田山家は館林藩主に仕えた家柄で、花袋は学校に通うかたわら漢学を学び、漢詩文を雑誌に投稿するなど、この町で文学に目覚めていった。明治19年に上京するまで過ごしていた館林での生活は、『ふる郷』『幼き頃のスケッチ』などに描かれている。

田山花袋記念文学館は1987(昭和62)年、館林城本丸跡に開館。収蔵資料は花袋の妻・里さ夫人により保管されてきた書簡や原稿、愛用品などを中心に、東京・代々木にあった書斎も復元され、資料を通して故郷とのかかわりや足跡、交友関係など、さまざまな側面から花袋を知ることができる。また、館の北側には花袋が7歳から14歳まで暮らした旧居が移築復元されている。周囲には子どものころに遊んだという城沼や尾曳稲荷神社などもあるので、足を延ばしてめぐってみたい。

ありのままを表した作品世界を伝える

❶企画展示室では期間限定のテーマに合わせて収蔵品を展示している ❷館林城本丸跡に建つ田山花袋記念文学館 ❸文学館の向かいに移築・復元されている田山花袋旧居

POINT

自らの経験に取材し、自己を徹底的にみつめることで、日本の自然主義文学を打ち立てた田山花袋。その作品は、時代や社会の現実と真剣に対峙していないと批判もされたが、それゆえにかえって、時代に左右されない、人間の本質を語る迫力を持ちえたのだろう。ロビーの映像コーナーで紹介されていたのは、高校生たちが作品を朗読する「田山花袋朗読プロジェクト」だ。若い世代によって言葉に新たな命が吹き込まれる。それが可能になるのも、作品がもつ普遍性のおかげだろう。

(時) **9:00～17:00(最終入館30分前)**
(休) **月曜(祝休日は翌平日)、年末年始**
(料) **一般220円ほか** ※フロア移動なし

群馬県館林市城町1－3
0276-74-5100／東武伊勢崎線館林駅→徒歩20分

 https://www.city.tatebayashi.gunma.jp/sp006/

写真提供:田山花袋記念文学館

大正風の洋館スタイルが目を引く古河文学館

no.18

古河文学館

古河市

だれもが気軽に立ち寄れる「広場」としての空間も。木組みの天井でゆったりくつろげるサロン

茨城の小京都と呼ばれ、古くは万葉集にも登場し、さまざまな文学作品の舞台となってきた古河に、茨城県内初の文学館として1998(平成10)年に開館。歴史小説の第一人者である永井路子、推理作家の小林久三、詩人の粒来哲蔵・粕谷栄市・山本十四尾・歌人の沖ななも、俳人の佐怒賀正美、児童文学者の一色悦子など、古河ゆかりの作家を中心に、その作品や直筆原稿などの資料を紹介している。また、古河出身の鷹見久太郎が創刊した児童向け絵雑誌『コドモノクニ』の原画なども観ることができる。

大正ロマンの雰囲気が味わえる洋館では、蓄音機によるSPレコード鑑賞会が定期的に行われ、木組みの天井がくつろぎを演出してくれるサロンや暖炉を囲む談話コーナー、ゆっくり著書を手に取ることができる図書コーナーなど、展示以外にも魅力があふれている。別館となっている永井路子旧宅は、文学館から北へ500mほど。本人への聞き取りをもとに修復した店蔵と住居の一部を再現している。

だれもが立ち寄れる広場のような空間を提供

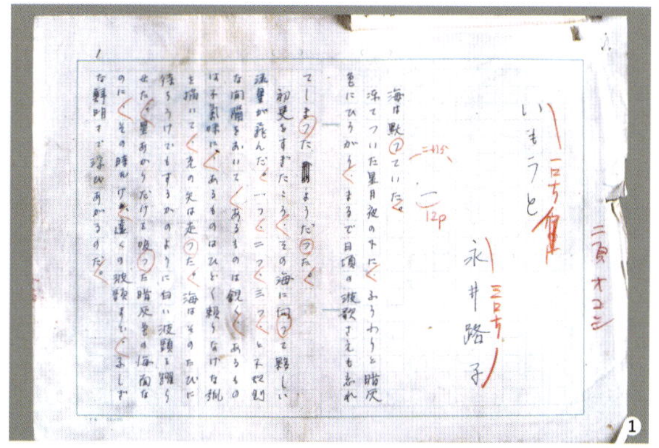
いもうと
永井路子

❶直木賞を受賞した永井路子『炎環』原稿。「いもうと」は『炎環』を構成する一篇 ❷❸歴史小説家の永井路子が幼少時に過ごした旧居を、本人への聞き取りをもとに修復した永井路子旧宅。文学館から北へ500mほどの場所にある

展示室1では古河ゆかりの文学者たちの作品や肉筆原稿などを紹介

POINT 歴史博物館や記念館が集まる、古河城諏訪郭跡エリア。散策にはもってこいのこの地区に、古河文学館は建っている。木組みの天井が美しいサロンや、暖炉のある談話コーナーなど、随所にぬくもりを感じさせる落ち着いた館内だ。展示室では、歴史小説の永井路子をはじめとして、ゆかりの文学者たちが数多く紹介されている。古河出身の鷹見久太郎が創刊し、一世を風靡した児童向け絵雑誌『コドモノクニ』を紹介するコーナーでは、原画などの貴重な資料も観覧できる。

㊡ 9:00～17:00(最終入館30分前)
㊡ 月曜、祝日の翌日(土・日を除く)
年末年始、館内整理日(第4金曜、祝日を除く)
㊕ 一般200円ほか

茨城県古河市中央町3-10-21
0280-21-1129／JR古河駅→徒歩15分

 https://www.city.ibaraki-koga.lg.jp/soshiki/6_1/734.html

写真提供：古河文学館

no.19

新宿区立林芙美子記念館

新宿区

数寄屋風の平屋建て。芙美子名義の生活棟と、夫で画家である緑敏名義のアトリエ棟は、芙美子の一番の願いである「風」の道を考えた間取りとなっている

芙美子の書斎。雪見障子のある窓からは庭が眺められるように机が置かれている

林芙美子記念館は本人が1941（昭和16）年から10年間、その生涯を閉じるまで住んでいた家だ。上京以来、たくさんの苦労を重ねてきた芙美子は、新居のために自ら建築を学び、設計者や大工を連れて京都の寺社や民家に見学に行くほどの思いがあった。そのこだわりは数寄屋風のこまやかさと京風の落ち着き、さらに芙美子らしいおおらかさを感じる住まいとなり、今は記念館として一般公開されている。家づくりの情熱は随所にみられるが、庭も見どころのひとつ。芙美子が自ら買い求めたザクロや、壺井栄から贈られたオリーブを見ることができる。

北九州で生まれた芙美子は、広島県の尾道で少女時代を過ごし1922（大正11）年に上京。職と住まいを点々としていたこの数年をつづったものが代表作『放浪記』となった。その後、二度の引っ越しを経てこの地に至る。エッセイにも「足かけ六年の準備をかけた」と記した芙美子のこだわりが詰まった家。ひとりの女性の生き方に思いをはせながら訪れたい。

芙美子こだわりの住まい

❶画家であった夫のアトリエは現在展示室になっている ❷四季折々の花々が楽しめる芙美子の庭。季節ごとに可憐な山野草が咲いている ❸林芙美子写真絵葉書セット（5枚組250円）

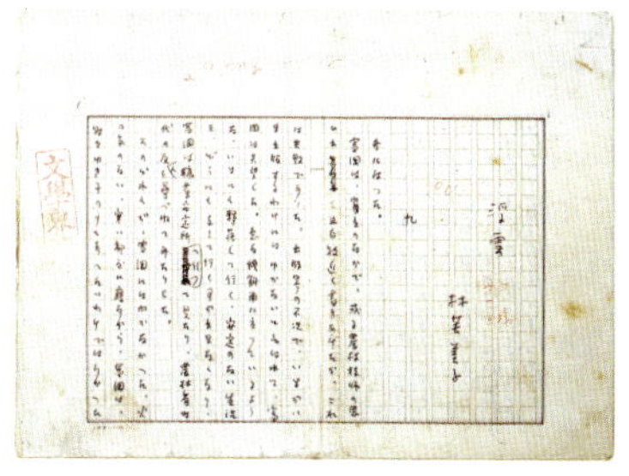

浮雲
林芙美子

映画にもなった『浮雲』原稿。記念館になっている自宅で執筆された

POINT

自邸を建てることは、林芙美子にとって、生涯に一度の大仕事だった。200冊もの関連書籍を購入して建築を学び、さらに、ふさわしい名匠を探すために何カ月もかけてさまざまな大工の仕事をみてまわったという。「愛らしい美しい家を造りたい」という作家の願いが結実した建物が、現在、記念館となって遺されている。後期代表作『晩菊』『浮雲』などを執筆した書斎をはじめとする各部屋は、彼女の美意識や人生観が細部にまで行き渡っている。

時 **10:00～16:30（最終入館30分前）**
休 **月曜（祝休日は翌平日）、年末年始**
料 **一般150円ほか**

東京都新宿区中井2-20-1
03-5996-9207／都営地下鉄大江戸線・西武新宿線中井駅→徒歩7分

 https://www.regasu-shinjuku.or.jp/rekihaku/fumiko/12/ 写真提供：新宿区立新宿歴史博物館

書斎内の家具・調度品・文具は、資料を所蔵する神奈川県立神奈川近代文学館の協力により再現。書棚の洋書は東北大学附属図書館の協力により、同館が所蔵する「漱石文庫」の蔵書の背表紙を撮影し、製作された

no.20

新宿区立漱石山房記念館

新宿区

1階のミュージアムショップでは、漱石作品をモチーフにしたオリジナルグッズも

漱石が着ていた南蛮模様の襦袢

夏目漱石が生まれ育ち、執筆活動を行った新宿。漱石が暮らした家は「漱石山房」と呼ばれ、数々の名作が生まれた場であり、多くの門下生との交流の場でもあった。記念館は漱石生誕150周年にあたる2017(平成29)年に開館、かつてこの場所に多くの門下生が集ったように来館者をあたたかく迎えてくれる。

館内には「漱石山房」の書斎や客間、ベランダ式回廊など一部が忠実に再現されていて、門下生で賑わっていたという「木曜会」など、当時の様子を思い浮かべることができる。常設展示では、漱石の生涯やその世界、俳句、絵画といったテーマについてパネルや映像で紹介。さらに、裏面に落書きが見られる『明暗』の草稿や、留学先のロンドンから妻に送った書簡、『吾輩は猫である』の猫の死亡を知らせる内容が書かれたはがき、初版本などを所蔵する。作品に登場する空也のもなかセットなどが味わえるカフェもあり(営業日は木~日曜)、ゆったりと過ごせる場所だ。

漱石を慕う門下生たちが集った場所

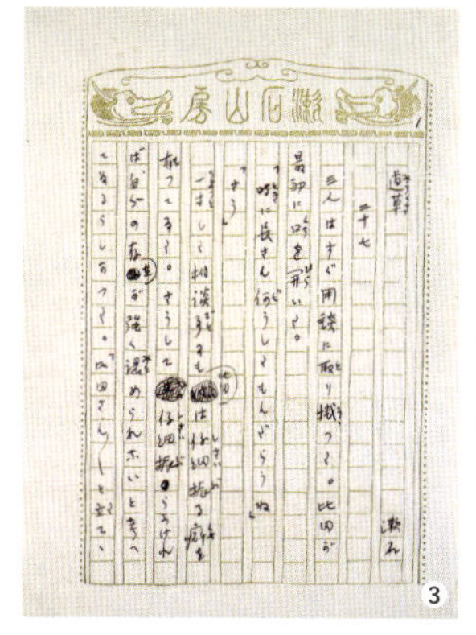

❶漱石公園が隣接し、気軽に入りやすいエントランスホール。ゆったりと利用できるブックカフェもあり、訪れた人を温かく迎えてくれる ❷漱石の生涯や周囲とのかかわりをパネルや映像で紹介 ❸大正4年に新聞に連載された自伝的小説『道草』の草稿。書き直しやインクの痕跡などから作品成立の過程がわかる資料

POINT

陽当たりのよいカフェに座り、本を読むもよし。ガラス張りの壁越しに道行く人たちを眺めるもよし。なだらかな坂の途中にある記念館は、地域の日常に溶け込み、居心地がよい。ここはかつて、夏目漱石が居を構え、傑作の数々を執筆した地。彼を慕う門下生たちが集まった邸宅は「漱石山房」と呼ばれ、賑わったという。常設展示の解説パネルでは漱石ゆかりの人びとが紹介されているが、その顔触れはさすがに豪華だ。こんな人、あんな人が立ち寄って、さて、どんな話をしただろう。作品に惹かれたファンは今も変わらずこの地を訪れる。

時 10:00～18:00(最終入館30分前)
休 月曜(祝休日は翌平日)、年末年始、臨時休館あり
料 一般300円ほか

新宿区早稲田南町7
03-3205-0209／東京メトロ東西線早稲田駅→徒歩10分

写真提供:新宿区立漱石山房記念館

薮下通り側の入口。鷗外は付近をよく散歩したといい、小説『青年』や『雁』の中に当時の様子がうかがえる

no.21

文京区立森鷗外記念館

文京区

千駄木から少し急な坂道を上った場所にある、文京区立森鷗外記念館。レンガを張って削ったという印象的な外壁は、現代的でありながら若き日の鷗外が学んだドイツの街並みを思わせる。30歳のときから1922（大正11）年に60歳で亡くなるまで鷗外が家族とともに住んだ家は、2階から東京湾が見えたといい「観潮楼」と名付けられた。

その旧居跡地に建つ記念館は、鷗外生誕150年目の2012（平成24）年にリニューアルオープン。原稿や書簡、旧蔵品といった遺品資料、鷗外と文京区にゆかりのある文学作品や文学者の旧蔵品を収集し、常設展のほか年4回の企画展を開催、さまざまな切り口で鷗外を紹介している。小説家や翻訳家、評論家、陸軍軍医といくつもの顔を持つ鷗外だが、その魅力をわかりやすく伝える展示だ。1階には「モリキネカフェ」があり、鷗外の生前からあった大イチョウや庭石（通称三人冗語の石）を眺めながらお茶を楽しむことができる。

文豪が見た風景に思いをはせる旧居へ

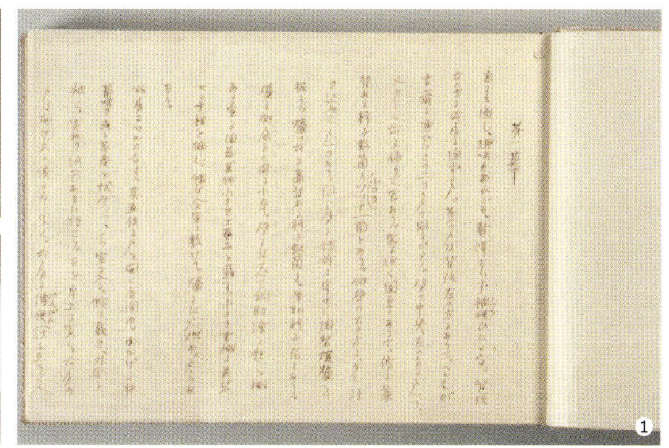

❶鷗外自筆原稿『ノラ』1913年11月ヘンリック・イプセン原作。日本では『人形の家』として親しまれている。近代劇協会によって上演された ❷地下1階展示室入口には鷗外の胸像（武石弘三郎制作）が設置されている ❸常設コーナーでは所蔵資料を通して鷗外の60年の生涯をたどることができる

POINT 小説家、批評家、軍医、博物館総長など、幅広いジャンルを横断して活躍した巨人・森鷗外。その生涯を限られた展示スペースで伝えることは至難の業だが、この記念館では、あえてポイントを絞り、すっきりとした常設展にまとめることで効果を挙げている。建築からロゴマークまで、明治の文豪のイメージを現代的にアレンジする手際は出色だ。鷗外の邸宅「観潮楼」の頃からあったという大イチョウを眺めながら、カフェで過ごすのもまたよし。

❹ 鷗外旧蔵の文具類 ❺「モリキネカフェ」ではドイツにちなんだメニューや、展覧会ごとのスイーツなどを提供

㊋ 10:00～18:00（最終入館30分前）
㊡ 第4月・火曜（祝休日は翌平日、例外あり）、年末年始、展示替期間等
㊕ 一般300円ほか、特別展は展示により料金が異なる

東京都文京区千駄木1-23-4
03-3824-5511／東京メトロ千代田線千駄木駅→徒歩5分

関東 ● ぶんきょうくりつもりおうがいきねんかん

写真提供：文京区立森鷗外記念館

開館から40余年を経て、2006(平成18)年にリニューアルオープンしている

no.22

台東区立一葉記念館

台東区

2階展示室では、直筆の草稿や書簡、生前使用していた道具や遺品などを観ることができる

父を亡くし、戸主として一家を支えなければならなかった一葉は、18歳で小説家を志す。当時、生活苦のために雑貨や駄菓子を売る店を営んでいた一葉。代表作『たけくらべ』は、そのときに暮らしていた下谷龍泉寺町(現・竜泉)での極貧生活から生まれたといわれている。一葉記念館は、作品の舞台となった竜泉の地元有志の熱意によって1961(昭和36)年に開館。当時、女流作家の単独資料館としては日本初のものだった。

館内には、推敲のあと創作に苦しんだ様子がうかがえる『たけくらべ』の草稿や和歌の短冊、小説の師・半井桃水など交流のあった人々に宛てた書簡、一葉が住んでいたころの下谷龍泉寺町の家並みや旧居模型など、さまざまな関連資料が展示され、その生涯や当時の生活を想像することができる。今も一葉旧居前には石碑が立ち、記念館向かいの一葉記念公園には記念碑がある。一葉は24歳という若さで短い生涯を終えたが、数々の名作を生んだ軌跡がこの町に残されている。

地域の縁をつなぐ女流作家の記念館

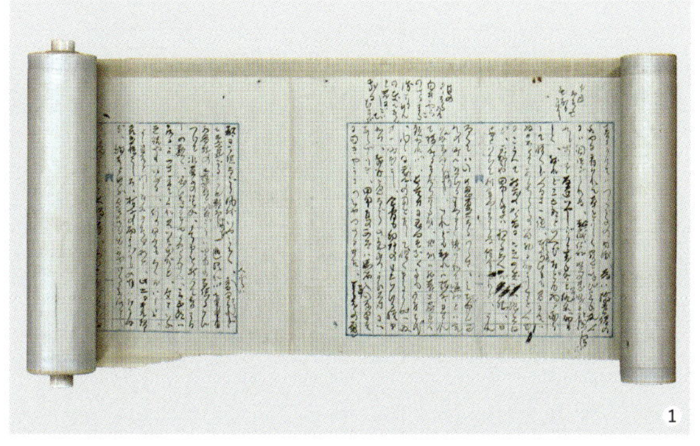
1

2

3

❶自筆の『たけくらべ』未定稿。発表された決定稿とは内容の違う部分の試作が書かれている ❷一葉が愛用していた紅入れ ❸樋口一葉(1872～1896)

POINT

名作「たけくらべ」の舞台となった現在の台東区竜泉は、樋口一葉が暮らし、駄菓子屋を営んだ町。実際に住んだ期間は短いが、地域の人びとはこの縁を大切にして、昔から記念碑の建立などを行ってきた。そうした活動が実り、1961年に開館したのが一葉記念館だ。日本で初めて、一人の女流作家のために建てられた文学館となった。新館に立替えられた現在でも、こうした縁が大切にされていることが館内からも伝わってくる。私が訪れた日には、地域の子どもたちの作品が明るいロビーを賑やかに飾っていた。

㊐ 9:00～16:30(最終入館30分前)
㊡ 月曜(祝休日は翌平日)、年末年始、特別整理期間中
㊔ 一般300円ほか ※持ち運びスロープ

東京都台東区竜泉3-18-4
03-3873-0004／東京メトロ日比谷線三ノ輪駅→徒歩10分

 https://www.taitogeibun.net/ichiyo/

写真提供：台東区立一葉記念館

加賀藩16代当主・前田侯爵邸跡地である駒場公園の一角に建つモダンな建物

no.23

日本近代文学館

目黒区

設立に大きくかかわった人物の1人であり、名誉館長も務めた川端康成の展示も春と秋に開催

１９６７（昭和42）年、日本初の近代文学総合資料館として駒場公園内に開館した日本近代文学館。かけがえのない資料の散逸を憂えた文学者や研究者の訴えを発端とし、それに賛同する多くの人々から資料の寄贈や寄付といった支援を受けて誕生した文学館で、現在も文壇や文学を愛する人々、出版社や新聞社をはじめとする各界の協力により維持運営されている。

明治以降の文学者を対象に広く文学資料を収集・保存し、数々の名作の原稿や図書・雑誌といった約１３０万点の資料を収蔵。その創作の過程や時代背景を感じることができる。著者またはその遺族、出版社などからの寄贈を中心とした貴重な資料の数々は、一般の読書家だけでなく研究者のニーズに応じられるものまで幅広く揃えられている。同館では年に4回の展覧会のほか、資料講座や作家の朗読会などのイベントも随時開催。現在では資料の増加に伴い千葉県成田市に分館も建設されている。文学という財産を次の世代へつないでいく文学館だ。

文学の道しるべとなる日本屈指の文学館

2

3

1

❶閲覧室では明治以降に発行された貴重な図書・雑誌の閲覧が可能（満15歳以上、1回300円）❷約2万冊の蔵書がある喫茶室「BUNDAN」では、自由に閲覧しながら芥川、鷗外、寺山、敦といった文豪の名前の付いたコーヒーを楽しむことができる ❸自筆原稿や表紙絵がモチーフとなった絵葉書（1枚100円）など、ミュージアムグッズも

POINT

近代文学に関する貴重な資料の散逸を危惧した文壇の有志らが、1962年に立ち上げた設立準備会が同館の出発点。その想いは共感を呼び、1967年の開館までに1万5千人もの人が資料や資金を寄附したという。現在では130万点もの資料を所蔵する、日本屈指の文学館だ。建物や内装は真新しいものではないが、来館者に過度に媚びずに資料保存を大切にする姿勢がかえって心地よい。カフェBUNDANでは、文豪の言葉とともに味わうコーヒーや、あの小説の主人公が食べた最後の食事なども楽しめる。流れる時間が美しい。

時 9:30～16:30（最終入館30分前）
休 日・月曜（月曜祝日は開館、翌平日休館）、第４木曜、年末年始、2・6月の第３週（特別整理期間）
料 一般300円ほか ※入館時段差なし

東京都目黒区駒場4-3-55（駒場公園内）
03-3468-4181／京王線駒場東大前駅→徒歩7分

 https://www.bungakukan.or.jp/

写真提供：日本近代文学館

no.24

世田谷文学館

世田谷区

作家の原稿や初版本、書簡・遺品等を展示するコレクション展に加え、年数回企画展を開催している

カーブするガラスの外装が印象的な建物。周囲には池が配置されている

世代やジャンルを超えて文学を体感

〝セタブン〟の愛称を持つ世田谷文学館は、世田谷固有の文学風土の保存・継承、まちづくりや文化交流の場になるべく、東京23区で初の地域総合文学館として開館し、30年を迎える。多くの作家が居を構え、物語の舞台としてもたびたび描かれた世田谷区にゆかりのある文学と文学者に関する資料を収集し、現在10万点以上を収蔵。横溝正史や海野十三などミステリー作家の原稿、書簡、ポスターや台本などの映画関係の資料、小説家・随筆家となった森鷗外の2人の娘・森茉莉と小堀杏奴の資料なども多数揃う。

特色あるコレクションとして見逃せないのが、ムットーニこと武藤政彦の自動からくり人形だ。人形の動きに合わせ、音楽や光、本人の語りが重なって作品の世界を表現、随時上演作品を入れ替えながら物語との新たな出逢いを伝えてくれる。また、文学サロンでは講演会やコンサート、朗読会、映画上映など、さまざまな企画で文学を体験することができ、世代やジャンルを超えて新たな文学の魅力を味わえる。

❶ムットーニ《月世界探検記》(海野十三「月世界探検記」より) 1995年。からくり人形の動きに光や音が加わり、物語を立体的に演出するムットーニシアター ❷館内からは中庭も眺められる。1階には中庭を眺められる喫茶「どんぐり」も ❸ライブラリー「ほんとわ」では、専門家や作家が薦める本のコーナーや特集コーナーなど、本との新たな出会いや楽しみを提案してくれる ❹ミュージアムショップでは、図録のほかイラストレーター安西水丸のイラストを刺繍したバッグなどオリジナルグッズも揃う

POINT 文学はもとより、マンガ、イラスト、絵画、映画といった多彩なジャンルにわたる企画展も魅力的である。地域の総合的な文化センターとしての役割を果たすとともに、企画展目当てに遠方から訪れる人も少なくないと聞く。居心地のよいライブラリースペースの「ほんとわ」では、本と木の香りに癒されながら、実際に本を手に取ることができる。古書店主がプロデュースするおすすめ本のコーナーなど、ライブラリーだけでも時間がどんどん過ぎていく。

㊐ 10:00～18:00(最終入場、ショップは30分前)
㊡ 月曜(祝休日は翌平日)、年末年始
㊎ 一般200円ほか(展覧会ごとに異なる)

東京都世田谷区南烏山1-10-10
03-5374-9111／京王線芦花公園駅→徒歩5分

写真提供:世田谷文学館

大正末期に建てられ、山本有三が約10年住んだ邸宅。当時の流行やさまざまな建築様式が取り入れられ、三鷹市の文化財にも指定されている

no.25

三鷹市山本有三記念館

三鷹市

北側と南側でまるで全く別の建物のような印象を与える。記念館南側には有三記念公園が広がる

2階の記念室は、有三によって洋室のうちの1室を数寄屋風の和室に作り替えられた

石を積み上げたような煙突に大きな屋根、個性的な暖炉がある本格的な洋風建築は、大正から昭和にかけて活躍した作家・山本有三が約10年間家族とともに住んだ家。代表作である『路傍の石』や戯曲『米百俵』の執筆、自らの蔵書をもとにした「ミタカ少国民文庫」をここで開いていた。戦後、進駐軍の接収・解除を経て研究所や文庫として利用された後、1996(平成8)年に三鷹市山本有三記念館として開館している。

劇作家として出発した有三は、その後、小説『女の一生』『路傍の石』等を執筆するとともに、子供向け教養書シリーズ「日本少国民文庫」の編纂や教科書の編集にも携わった。記念館は邸宅をそのまま展示空間とし、有三の生涯と作品などを紹介している。編集者が原稿を待つこともあったという暖炉のある小部屋や、アーチ形の高天井になっている長女の部屋、和室に作り替えられた書斎など、家具や調度品に至るまで見どころが多い。資料と一緒に空間そのものを楽しみたい。

想像力をかきたてる邸宅の展示室

❶旧応接間の展示室内 ❷館内にはそれぞれ趣の異なる3ヵ所の暖炉がある ❸八角形の窓が印象的な2階の展示室。洋室書斎として使われていた

POINT 近くにある三鷹の森ジブリ美術館が有名だが、こちらの記念館も負けていない。ファンタジーの世界から飛び出してきたかのような、来館者の想像力を刺激する建物だ。劇作家として出発し、やがて小説家として知られるようになる山本有三が、よりよい創作環境を求めて1936年に購入し、暮らした邸宅である。『路傍の石』などの代表作もここで執筆された。大屋根、煙突、外壁といった目を引く外観から、玄関扉の取っ手や階段の手すりといった細部まで、思わず写真を撮りたくなる魅力がある。子ども向けの解説や企画展にも注目したい。

㊕ 9:30～17:00
㊡ 月曜(祝休日は翌日と翌々日)、年末年始
㊎ 一般300円

東京都三鷹市下連雀2-12-27
0422-42-6233／JR三鷹駅→徒歩12分

 https://mitaka-sportsandculture.or.jp/yuzo/ 写真提供：公益財団法人三鷹市スポーツと文化財団

春と秋の特別展、館蔵品のテーマ展など、4〜5週間の会期で展示を入れ替えている

no.26

調布市武者小路実篤記念館

調布市

野菜図「君は君」(紙本墨画淡彩・昭和35－40年)

美術を愛してやまなかった実篤は自ら絵筆をとり、独特の画風で多くの作品を描いた

武者小路実篤は1955(昭和30)年70歳のとき、仙川(現・調布市若葉町)に移り住む。水のあるところに住みたいという子供のころからの願いをかなえた場所で、晩年の20年間をこの地で過ごした。記念館はその邸宅(現・実篤公園)に隣接し、1985(昭和60)年に開館。実篤の直筆原稿や著書、絵や書、集めていた美術品など、貴重な資料を所蔵している。交友のあった作家の著書や研究書、実篤が友人たちと共に主宰した雑誌『白樺』など、図書・雑誌3万5千冊余りを閲覧することもできる。

実篤は雑誌『白樺』を創刊し、『友情』『愛と死』などの小説、また、戯曲や美術論、思想など、生涯を通して幅広い分野で業績を残している。そのたくさんの活動をさまざまな角度から紹介するためにあえて展示を常設とはせず、春と秋の特別展のほか、館蔵品を中心としたテーマ展として4〜5週間の会期で展示を入れ替えている。地下通路で結ばれた実篤公園内に、実篤が暮らした当時のまま残されている旧実篤邸にも足を運びたい。

実篤が愛した美の世界に触れる

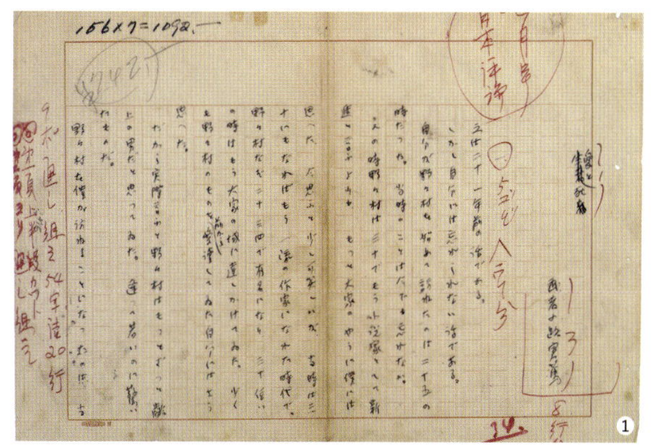

❶『愛と死』原稿(1939年7月発表) ❷ 国の登録有形文化財に登録されている旧実篤邸。仕事部屋の様子 ❸実篤らが主宰した『白樺』創刊号(1910年4月、洛陽堂)

武者小路実篤は、雑誌『白樺』の同人たちと一緒につくろうと夢見た白樺美術館について、〈小さくても、生きた喜びや愛を感じられる〉館にしたいと抱負を述べていた。落ち着いた住宅街に佇む記念館は、まさにそうした、喜びや愛、親しみを感じられる館にほかならない。白樺美術館の計画は結局実現しなかったが、記念館や隣接する実篤公園では、彼が愛した美の世界を垣間見ることができる。書画や秘蔵映像なども、作家の印象を新たにしてくれるだろう。

㊐ 9:00〜17:00(閲覧室は10:00〜16:00)、旧実篤邸の内部公開日は土・日曜、祝日の11:00〜15:00、雨天中止

㊡ 月曜(祝休日は翌平日、閲覧室は木曜と最終水曜)、年末年始

㊕ 一般200円ほか ♿ ※フロア移動なし、入館時段差なし

東京都調布市若葉町1-8-30

03-3326-0648／京王線仙川駅またはつつじヶ丘駅→徒歩10分

写真提供:調布市武者小路実篤記念館

白洲夫妻が住んでいた茅葺き屋根の家をミュージアムとして公開している

no.27

旧白洲邸 武相荘

町田市

囲炉裏の部屋にはさまざまな器を展示

実業家で戦後の復興にも大きくかかわった白洲次郎と随筆家・白洲正子ゆかりの記念館は、都心から1時間ほど。「武相荘」という名は白洲次郎によって、武蔵と相模の境にあるこの地と〝無愛想〟にかけて付けられたという。2人が住んでいた茅葺き屋根の住まいと豊かな自然、白洲夫妻の暮らしのスタイルを展示するミュージアムとして、2001（平成13）年に一般公開された。

武相荘では夫妻が暮らした当時のままに、四季折々、季節に合わせて年4回展示替えをしている。書簡やはがき、愛蔵品などのほか、次郎が深くかかわった日本国憲法草案やサンフランシスコ条約締結の際の貴重な資料など、さまざまな分野で活躍した2人の仕事と生活を紹介。ミュージアムのほか、レストランやクラシックカーが置かれたカフェ、骨董から実用品まで武相荘ならではの品が並ぶショップなど、ゆっくりと時間をとって訪れたい。何より、日々変わる自然を目の当たりにできる散策路が魅力的だ。

人々を魅了する四季のもてなしと日本の美

❶正子が亡くなった当時のまま保存されている書斎 ❷次郎愛用の小物 ❸次郎が好んだメニューも味わえるレストラン。冬には囲炉裏に炭が入るオープンカフェの休憩所も ❹正子が大切にしてきたお雛様や春の着物。奥座敷には福沢諭吉の書がかかる

POINT

外交官・実業家として活躍した白洲次郎と、評論家・随筆家として日本の美を見つめた白洲正子。二人が購入したのは、武蔵と相模の国境に建つ茅葺屋根の農家だった。家族の成長に合わせ、少しずつ手直しを加えながら住んだ家屋。それを彩る美術品や工芸品。そして何気ない生活の道具の数々…。蔵書が詰った正子の書斎は、広くはないが、秘密基地のようで居心地がよさそうだ。そんな夫妻の生き方、暮らし方が、今も多くの人を魅了する。季節に合わせて替わる展示は、狭義の「企画展」の枠を超え、客を迎える四季のもてなしといった趣だ。

㊐ 10:00～17:00（最終入場30分前）
㊡ 月曜（祝休日は開館）、夏季・冬季休館あり
㊔ 一般1500円ほか

東京都町田市能ヶ谷7-3-2
042-735-5732／小田急線鶴川駅→徒歩15分

写真提供：旧白洲邸 武相荘

スペイン瓦を屋根に使った洋館は、ジョサイア・コンドルに師事した曾禰(そね)達蔵が最晩年に手掛けたもの。この本館、別館の白秋童謡館ともに国の登録有形文化財になっている

no.28

小田原文学館

小田原市

小田原出身の北村透谷や尾崎一雄、牧野信一らの資料を展示

1994(平成6)年の開館から30年を迎えた小田原文学館。スペイン風の白い洋館の本館は、宮内大臣などを務めた田中光顕伯爵の別邸だったもので、近代文学の先駆者とされる北村透谷、昭和を代表する私小説家・尾崎一雄といった小田原にゆかりの深い文学者の自筆原稿や書簡、愛用品などを展示している。

文学館のある西海子小路(さいかちこうじ)周辺には、明治から昭和にかけて何人もの文学者が居を構えていたといい、谷崎潤一郎や三好達治、そして『からたちの花』などで知られる北原白秋も1918(大正7)年から1926年にかけて小田原に在住し、多くの童謡を世に出した。別館・白秋童謡館では、その創作や小田原での日常に関する資料を展示している。

敷地の庭園内には四季折々の花々が咲き、移築された尾崎一雄の書斎や北村透谷らの文学碑がある。小田原駅までの道のりは、「白秋童謡の散歩道」としてその足跡をたどることができるので、かつての面影を感じながら歩いてみよう。

懐かしさを感じさせる文学のまち

❶白秋童謡館は楼閣風の和風建築。白秋の童謡の世界に引き込まれる ❷西海子小路。多くの文学者がこの周辺に住んでいたという ❸童謡館には、白秋が日本で初めて本格的に翻訳したマザー・グースの草稿なども展示 ❹市内にあった尾崎一雄邸「冬眠居」の一部を移築。屋外から観覧できる

POINT

自分では直接経験していなくても、なぜか懐かしさを覚える風景がある。小田原文学館がたたずむ庭園は、そんな風景の一つかもしれない。3階建ての白亜の本館は、1937年に建てられた洋館を転用したもの。ノスタルジックな館内で、小田原ゆかりの文学者たちの事績にふれることができる。同じ園内にある別館の白秋童謡館も郷愁をかき立てる。詩人・北原白秋は、小田原に住んでいた8年間に、今も歌い継がれる多くの童謡を生み出した。視聴コーナーから流れる童謡の歌声が、小さな日本家屋に静かに響きわたる。

㊋ 10:00～17:00(11～2月は16:30、いずれも最終入館30分前)
㊡ 月曜日(祝休日は翌平日)、年末年始
㊕ 一般250円

神奈川県小田原市南町2-3-4
0465-22-9881／JR小田原駅→徒歩20分

 https://www.city.odawara.kanagawa.jp/public-i/facilities/literature-museum/ 写真提供:小田原文学館

モデルコース②／東武鉄道館林駅起点

文学＆アート満喫プラン

そぞろ歩きを楽しむ芸術散歩

東京から1時間ほどでアクセスできる館林と〝水と緑と詩（うた）のまち〟前橋。
群馬県東〜中部に位置する2つの街には、美術館やアートスポットなどが点在。文学館とともに
美術館やギャラリー、モニュメントなどをめぐり、文学&アートを楽しむ1日を過ごそう。

群馬県立館林美術館

コレクションの核となっているのは、フランスの動物彫刻家フランソワ・ポンポンの作品。自然と人間を表した作品群で、彫刻や絵画、素描作品などが観られるほか、作品をモチーフとしたミュージアムグッズも人気。自然豊かな立地で、近くの多々良沼には冬に白鳥も飛来する。

広瀬川河畔にある前橋文学館では、萩原朔太郎のブロンズ像が出迎えてくれる。

広瀬川河畔緑地

市街地を流れる広瀬川河畔には遊歩道が整備され、萩原朔太郎をはじめとする郷土詩人の詩碑や歌碑などが並ぶ「詩の道」になっている。周辺には、生家を一部移築復元した萩原朔太郎記念館、郷土画家・近藤嘉男のアトリエ及び絵画教室を改築した広瀬川美術館（国登録有形文化財）などもあるので、川沿いを散歩しながら訪れてみよう。

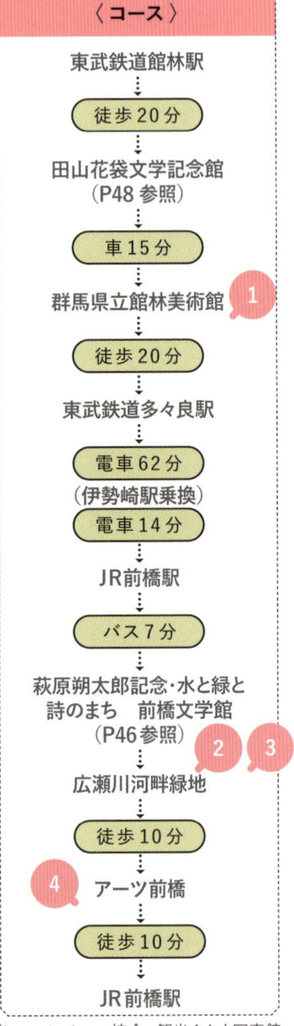

写真提供：前橋観光コンベンション協会、観光ぐんま写真館

3

太陽の鐘

直径約1.2ｍもの太陽の鐘は、世界的芸術家・岡本太郎の作品。2018年に広瀬川河畔に移設され、散策途中に鑑賞することができる。

4

アーツ前橋

白い外装が目印の近代美術を中心とした美術館。展覧会やイベント、ワークショップのほか、公演の開催やアート関連の図書閲覧なども。市内には、ギャラリーが複数入居する「まえばしガレリア」、旅館をリノベーションしたアートホテル「白井屋ホテル」といったアートスポットもあるので、時間に合わせて寄り道してみよう。

焼きまんじゅう

食欲をそそる甘辛い味噌をたっぷり塗ってこんがり焼いた焼きまんじゅうは、江戸時代から庶民の味として親しまれてきた群馬のソウルフード。群馬県の名物料理として県内の多くのお店で食べられるので、散策の合間に味わいたい。

おすすめグルメ

column2

カフェやレストラン①

旅の楽しみと言えば、やっぱり飲食！　という方も多いかもしれません。館外の有名店に足を伸ばすのもよいですが、文学館内の飲食施設も負けてはいません。思いつくままにいくつか、駆け足でご紹介してみましょう。

三浦綾子記念文学館のカフェは、代表作にちなんだ「氷点ラウンジ」。森の小動物たち、鳥たちが近寄ってきそうな、あたたかみのあるカフェです。

日本現代詩歌文学館のカフェは、館の雰囲気をいい意味で裏切る「フォルダ Cafe」。地元の高校生がふらりと立ち寄ってパンケーキを楽しむような、明るい雰囲気の店内でした。

仙台文学館「ひざしの杜」は、ゆったりと席を配置した、落ち着いたカフェ。お箸で食べられる気軽な洋食が魅力です。

世田谷文学館「喫茶どんぐり」。円形の庭と、その上にひろがる空を見ながら時間を過ごすことができます。窓際の、黒い大理石のテーブルが特にお勧めです。

ほかにも、漱石山房記念館のブックカフェ「SOSEKI」、森鷗外記念館の「モリキネカフェ」など、まだまだあるのですが、紙面が全然足りません！（次のコラム100ページに続きます）

Nobutaka Imamura

甲信越・北陸エリア

KOSHINETSU・HOKURIKU

no.29

小川未明文学館

上越市

直筆原稿や時代背景を解説する資料、全集や絵本の閲覧が可能

文机や火鉢といった愛用品が置かれた未明の部屋。当時の暮らしぶりを垣間見ることができる

上越市の雁子浜(がんごはま)に伝わる人魚伝説がモチーフの一つになったといわれる『赤い蠟燭と人魚』表紙

せつなく美しい未明童話の世界へ

日本近代童話の父、日本のアンデルセンと称される小川未明は、新潟県上越市高田の出身。1882（明治15）年、旧高田藩士の家に生まれた未明は、早稲田大学在学中に坪内逍遥やラフカディオ・ハーンの指導を受け、小説家としてデビュー。1921（大正10）年に発表されてから、100年以上に渡り未明の代表作として今も多くの人に親しまれている『赤い蠟燭と人魚』をはじめ、79歳で亡くなるまでに1200編以上の童話、約650編の小説、約1400編の随筆、評論などを手がけている。

高田城址公園内、高田図書館に併設された文学館の入口では、等身大の未明の写真と月や星のモビールが出迎えてくれる。展示室ではその生い立ちや作品、人間性に迫る展示もあり、児童文学の近代化・地位の向上に貢献した未明の創作の背景を深く知ることができる。さらに、本型の大型スクリーンでの作品上映のほか、読み語りなどのイベントも開催。郷土とのつながり、未明が描いた美しい童話の世界を感じよう。

❶未明が創刊、主宰した童話雑誌『お話の木』（1937～38年子供研究社）❷小川未明（小川英晴氏所蔵・小川未明文学館寄託）❸童話体験のひろばでは、作品を映像化した上映コンテンツやボランティアによる未明童話の読み語りなども

POINT

観覧無料を侮ってはならない。気軽に入ることができるが、中身は本格派の文学館だ。自身の愛児を相次いで亡くしながらも、次々と作品を発表し、近代童話を切り拓いていく未明の人生と創作。多彩な芸術家が装丁や挿画を手がけた刊行本。貴重な資料の複製を手に取って熟覧できる「じっくりファイル」のコーナーも嬉しい。さらに、企画展やイベント、調査研究や資料収集にも力を入れ、日本近代童話の父と呼ばれた未明の事績を未来につなぐ。市立図書館の一角の小さな館だが、その仕事は決して小さくない。

時 **10:00～18:00**
休 **月曜、祝日の翌日、第3木曜、年末年始、その他臨時休館あり**
料 **無料** 

新潟県上越市本城町8-30（高田図書館内）
025-523-1083／えちごトキめき鉄道高田駅→徒歩15分

 https://www.city.joetsu.niigata.jp/site/mimei-bungakukan/ 写真提供：小川未明文学館

富山県ゆかりの文学の関連書籍で埋め尽くされた壁に圧倒される常設展示「ふるさと文学の蔵」

no.30

高志(こし)の国文学館

富山市

展示棟の内外壁には、富山県の主要産業であるアルミの鋳造パネルを使用。パネルには越中万葉の歌に詠まれた植物の葉の模様が散りばめられている

古くは歌人・大伴家持が多数の歌を詠んだ万葉ゆかりの地、現代では宮本輝の『螢川』や新田次郎の『劔岳 点の記』など、著名な文学作品の舞台となっている富山。かつて北陸一帯を越（高志）と称したことにちなむ高志の国文学館では、だれもが気軽に触れられる〝ふるさと文学〟の総合窓口を理念として、多彩なジャンルで富山ゆかりの作家や作品の魅力を発信している。

高志の国文学館は1978（昭和53）年に建築された旧富山県知事公館を改修・増築して整備し、2012（平成24）年に開館。映像ブースや、万華鏡のように浮かび上がる絵巻など、デジタル技術を効果的に使った体験型の展示もあり、子供から大人まで楽しめる。バラエティに富む企画展や室井滋館長が出演するイベントを楽しみにしているファンも多い。

また、数々の建築賞受賞歴を持つ施設は、富山の主要産業であるアルミの鋳造パネルやガラス、和紙など、地元の材料や技術を使用。レストランでも地の食材を使い、ふるさと富山の魅力を多面的に感じられる。

多彩なふるさと文学の総合窓口

❶緑豊かな庭園を眺めながらゆったりと読書ができるライブラリーコーナーでは、淹れたてのコーヒー（200円～）を味わえる ❷木材や和紙をふんだんに用いた明るい親子スペースでは毎月第4日曜日に「絵本読み聞かせ」を開催（参加無料）

POINT 「威容」と言ってもよい。常設展示室の「ふるさと文学の蔵」では、大きな壁面を埋め尽くした本たちが、照明を絞った室内に浮かび上がる。扱われているのは、万葉集の大伴家持から現代のマンガ作品まで実に多彩だ。それらの表現者たちが、時代を超え、同じ展示室に並んでいる。また、『美味しんぼ』の花咲アキラや藤子・F・不二雄、藤子不二雄Ⓐなど、個別の漫画家の展示も充実している。滝田洋二郎、本木克英、細田守など、富山ゆかりの映画を紹介するデジタルサイネージが設置されるなど、常に新しい風が吹き込まれ続けている点も魅力的だ。

併設レストラン「シェ・ヨシ」。富山の食材や県内の作家による器などを使った本格的なフレンチが楽しめる

㊐ 9:30～18:00（最終入館30分前）
㊡ 火曜（祝日を除く）、祝日の翌日、年末年始
㊕ 一般200円ほか ※フロア移動なし

富山県富山市舟橋南町2-22
076-431-5492／JR富山駅→徒歩15分、または市内電車（富山地方鉄道）大学前行き
または環状線電車3分→徒歩5分

写真提供：高志の国文学館

生家跡地に建つ鏡花記念館は、木造2階建てと土蔵3棟からなる建物を改修して整備された

no.31

泉鏡花記念館

金沢市

日本画家・小村雪岱(こむらせったい)による鏡花本の中でも、もっとも大胆で色鮮やかな『斧琴菊(よきこときく)』

浪漫と幻想が広がる泉鏡花の世界。金沢三文豪のひとりに数えられる泉鏡花は、19歳のデビュー以降、65歳でこの世を去るまでに『高野聖』『婦系図』など、300編もの小説や戯曲を残している。

鏡花が幼少時代を過ごした生家跡地に建つ記念館では、「生涯と作品」「美と幻想の水脈」など、テーマにわけてその足跡と作品世界を紹介。原稿、書簡、俳句といった自筆資料や初版本をはじめ、鏡花の美意識が感じられるこだわりの遺愛品、絵画資料など約2000点を収蔵している。なかでも「鏡花本」とよばれる初版本の装丁は、本そのものが芸術作品のよう。作品はもちろんのこと、鏡花独特の美意識に触れることができる。

記念館の周囲は、市内を流れる浅野川、ひがし茶屋街など、鏡花が生まれ育った当時の面影を色濃く残している。後年にいたるまで、折に触れて作中に登場する故郷金沢と、幼い頃に亡くした母への憧憬。鏡花の描く世界の礎を肌で感じてみよう。

鏡花が描く美しき世界に触れる

❶展示室では自筆資料や初版本、こだわりの遺愛品、代表作のジオラマなどを通して作品の魅力に迫る❷ミニシアターでは映像やアニメのほか、坂東玉三郎らが語る鏡花の魅力なども ❸鏡花肖像写真1912（大正元）年。実生活においても、鏡花は独自の美意識に基づき行動していたという

POINT 明治6年生まれの泉鏡花だが、映画や舞台、さらには現代の画家や人形作家などにも、いまだにインスピレーションを与え続けている。そのことの一端がわかる充実したミュージアムショップにはぜひ立ち寄りたい。また、展示室でも、さまざまなグッズが実は見どころの一つ。潔癖症で綺麗好きの彼が持ち歩いていたという愛用のアルコール消毒器や、お守り代わりに100点以上も集めていたというウサギグッズの一部など、作家の横顔を伝える資料が満載だ。師にあたる尾崎紅葉の関連資料など、コレクション活動の充実ぶりにも目をみはる。

㊐ 9:30～17:00（最終入館30分前）
㊡ 火曜（休日の場合はその直後の平日）、年末年始
㊢ 一般310円ほか

石川県金沢市下新町2番3号
076-222-1025／JR金沢駅→バス5分→徒歩5分

 https://www.kanazawa-museum.jp/kyoka/

写真提供：泉鏡花記念館

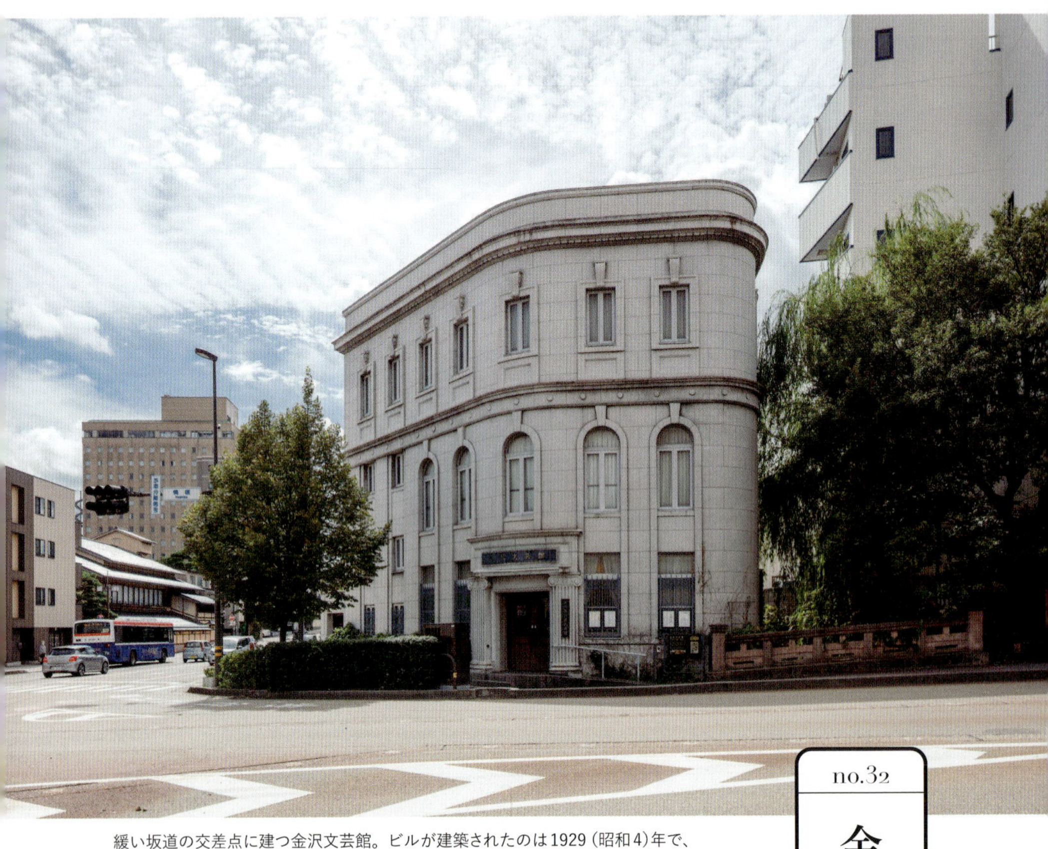

緩い坂道の交差点に建つ金沢文芸館。ビルが建築されたのは1929（昭和4）年で、正面玄関のイオニア式角柱付け柱やアーチ形窓なども特徴的。国登録有形文化財

no.32

金沢文芸館

金沢市

2階の「金沢五木寛之文庫」。五木寛之は文芸館の開設にもアドバイザーとして協力している

金沢の文芸活動を支える拠点に

泉鏡花・徳田秋聲(しゅうせい)・室生犀星の三文豪をはじめとする多くの文学者の輩出、自治体として全国に先駆けて制定した泉鏡花文学賞など、金沢の豊かな文学的土壌を踏まえて開設された金沢文芸館。金沢の文芸活動の拠点・発信基地となるべく、創作活動をする人々の交流の場、学びの場を提供している。

コンクリート造りのアンティークな外観が目を引く建物は、戦前から80年以上ここにある界隈のランドマーク的存在で、もとは銀行だった建物を金沢市が改修、2005(平成17)年に文芸館が開館した。1階は金沢ゆかりの作家作品や、金沢を舞台とした映像が流れる交流サロン、3階は新たな文芸を創作するフロアとして泉鏡花文学賞受賞者の作品などを自由に閲覧することができるほか、小説や詩、俳句といった講座やイベントも実施され、文芸活動を支えている。さらに2階には「金沢五木寛之文庫」を常設。全著作、直筆原稿や写真パネルなどを通して、氏の魅力や作家の原点を感じることができる場所となっている。

❶1階の交流サロンでは、銀行時代に使われていたカウンターも活用。文芸を愛する人が気軽に集えるたまり場的空間 ❷かつて会議室だった3階の文芸フロアは構造梁がそのまま露出され、創建時に近い広間空間となっている ❸3階には泉鏡花文学賞の受賞作品を展示したコーナーも。毎年出版された単行本の中からロマンの薫り高い文芸作品が選ばれる ❹日没～午後10時までライトアップされている

POINT

エレベーターで3階までのぼり、そこから降りて来る動線となっている。3階では、昭和48年から続く泉鏡花文学賞の受賞作品を紹介する一室が見どころの一つ。その錚々たる顔ぶれに圧倒される。2階の五木寛之文庫では、常設展示のほか、年に一度テーマを持って展示替えを行っている。様々な企画展示を通して、氏の魅力や五木作品について、より深く知ることができる。1階は広々としたロビーだが、元々は銀行として建てられた昭和初期の建築自体も味わいたい。地元の伝統工芸グループがつくったというカーテンの房飾りなど、細部も興味を引く。

㊡ **10:00～18:00(最終入館30分前)**
㊗ **火曜(祝休日は翌平日)、年末年始**
㊫ **一般100円(高校生以下無料)**

石川県金沢市尾張町1-7-10
076-263-2444／JR金沢駅→バス7分→徒歩3分

写真提供:金沢文芸館

建築当初のままの姿を残す外観。国の重要文化財にも指定されている

no.33

石川近代文学館

金沢市

常設展示室「風土に育まれた文学—加賀・能登・金沢の作家—」

赤いレンガが印象的な施設は、1891（明治24）年に建てられ、旧制第四高等学校の本館校舎として使用されていたもの。石川県ゆかりの文学者の資料を展示する石川近代文学館と、四高の歴史と伝統を伝える展示を行う石川四高記念館の2つの施設で構成されている。文学館は、東京の日本近代文学館に次ぐ全国2番目の総合文学館として1968（昭和43）年に開館。その後、移転やリニューアルを経て現在の施設となっている。

石川県ゆかりの文学者の著書や遺品、愛蔵品などを収蔵し、泉鏡花、徳田秋聲、室生犀星ら三文豪はもちろん、現代文学の最前線で活躍する作家までテーマごとに幅広く紹介。石川の風土の特徴を一言で表した「てのひら文学紀行」など、楽しみながら学べる工夫も。明治期の貴重な建築とともに、風土が育んだ文学を総合的に知ることができる。

※2024（令和6）年の能登半島地震により休館。現在は県内の他施設で出張展示や出張朗読会などを開催中

多彩な石川の文学を伝える総合文学館

❶金沢三文豪の自筆短冊。左より徳田秋聲、泉鏡花、室生犀星 ❷室生犀星が東京の馬込に新築した家の書斎を復元。その横は読書も楽しめるサロンになっている ❸明治期の雰囲気がただよう廊下

うさぎの置物は泉鏡花の遺品

POINT

明治24（1891）年に完成した旧制第四高等学校の本館は、国の重要文化財にも指定されている、明治期の貴重な建築だ。そのおよそ半分のスペースを充てられた文学館は、「学都」と謳われた金沢の文化の香りを今に伝える、魅力的な施設である。記念館・文学館が多い同市のなかでも、総合的な観点から文学史を学びたい人にとっては、屈指の一館ではないか。館の周囲には、さまざまな時代に建てられた碑や銅像なども点在している。四高記念公園の四季とあわせて、ぐるりと歩いて楽しむのもよい。

㊡ 9:00～17:00（最終入館30分前）
㊡ 年末年始
※現在能登半島地震により休館中
㊎ 一般370円ほか

石川県金沢市広坂2-2-5
076-262-5464／JR金沢駅→バス10分→徒歩2分

 https://www.pref.ishikawa.jp/shiko-kinbun/

写真提供：石川近代文学館

犀星の全著書の表紙パネルが年代順に並んだ「表紙ウォール」

no.34

室生犀星記念館

金沢市

犀星がこよなく愛した庭を現代風にアレンジ。つくばいや石塔は犀星の庭にあったもの

「ふるさとは遠きにありて思ふもの」(『小景異情　その二』)で知られる室生犀星は、金沢三文豪のひとり。市内を東西に流れる犀川をこよなく愛し、金沢を舞台にした作品を数多く残した。その生家跡に建つ記念館は2002(平成14)年の8月1日、犀星の誕生日に開館。犀星はこの地で生まれ、すぐ近くの雨宝院で育っている。

　館内に入ると目に飛び込んでくるのが、犀星全著書の表紙パネルが年代順に並んだ表紙ウォール。壁一面に初版本の表紙が並び、作品の流れと仕事の幅の広がりを知ることができる。窓越しには現代風にアレンジした庭があり、庭石、犀川の流れをイメージした池を配置。展示室では、トレードマークだった帽子にステッキ、犀星がチャイムの音を気に入っていたという音楽時計など、その時々で変わる愛用品や直筆原稿も観られる。

　記念館の周辺には、犀星が育った雨宝院、犀川、詩碑のある「犀星のみち」がある。本人がよく散歩したという犀川沿いで、作品の原風景を感じられる場所だ。

犀星文学の原点をたどる

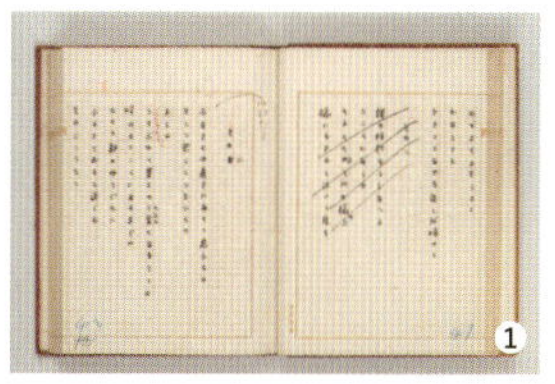

❶「ふるさとは遠きにありて思ふもの」の詩が掲載された『抒情小曲集』の完全原稿。29歳のときに自費出版した ❷犀星の生涯と作品を自筆原稿や書簡、遺品などで紹介 ❸入口には「室生犀星生誕地跡」の碑も

室生犀星　1919(大正8)年頃

POINT 著作の表紙を壁一面に並べる展示自体は、珍しくない。ただ、同館の展示にはひねりが加えられている。展示の冒頭では、下から上へ、刊行年順に並べられた本の表紙を見上げる展示になっている。デビュー以降の仕事を予告するかのようだ。来館者はその後、俳句から出発し、詩、自伝小説、史実小説、童話と仕事の幅を広げていく犀星の仕事を展示でたどる。そして観覧後は、今度は2階から、書籍の表紙を見下ろすことになるのだ。上から下へ。作家の人生をたどってきた来館者が、来し方を振り返る。その時、同じはずの壁面が別の感慨を生むだろう。

時 9:30～17:00(最終入館30分前)
休 火曜(休日の場合はその直後の平日)、年末年始、展示替期間
料 一般310円ほか  ※入館時段差なし
石川県金沢市千日町3-22
076-245-1108／JR金沢駅→バス9分→徒歩6分

 https://www.kanazawa-museum.jp/saisei/

写真提供:室生犀星記念館

思索空間と水鏡の庭

no.35

鈴木大拙館

金沢市

水鏡の庭と外部回廊

仏教哲学×建築による唯一無二の空間

金沢に生まれた仏教哲学者・鈴木大拙。日本の禅文化を海外に紹介し、D. T. SUZUKIとして世界でも知られている。鈴木大拙館は大拙の考えや足跡を広く伝えるとともに、来館者自身が思索する場として2011（平成23）年に開設された。

特徴は、鈴木大拙の世界と空間とのコラボレーション。3つの棟と3つの庭で構成される空間を回遊することで、来館者は大拙について知り、学び、自ら考えるという3つの行動に導かれる。そのような意図のもとに、金沢にゆかりのある国際的建築家・谷口吉生が施設を設計。玄関棟、展示棟、思索空間棟とこれらを結ぶ回廊、さらに玄関の庭、露地の庭、水鏡の庭が配置されている。水鏡の庭にたたずむコンクリート造りの思索空間には椅子のみが置かれ、静寂の中、水面に浮かぶ波紋を眺める。単にものを鑑賞するだけでなく、フラットな心で鈴木大拙に出会い、自分はどう考えるのか。他にはないここだけの空間で、ゆっくり自分と向き合いたい。

生誕地記念碑。鈴木大拙は館のある本多町で生まれた

POINT 金沢に生まれた世界的な仏教哲学者・鈴木大拙と、こちらも金沢にゆかりがある国際的建築家の谷口吉生。二人の思想が出会い、共鳴しあうことで、唯一無二の空間が生まれている。資料の数を絞り、余計な解説パネルも置かない、ストイックな展示室。穏やかに広がる水面と、緊張感のある直線的なコンクリートとの響き合い。そして、建築が、周囲の緑地や開かれた空との間で繰り広げる、静かな問答。文学館とも美術館ともつかぬ。小さな草庵のような、不思議な魅力にあふれたミュージアムだ。

鈴木大拙　1956（昭和31）年86歳

(時) 9:30～17:00（最終入館30分前）
(休) 月曜（祝休日は翌平日）、年末年始、展示替期間
(料) 一般310円ほか　※フロア移動なし

石川県金沢市本多町3-4-20
076-221-8011／JR金沢駅→バス12分→徒歩4分

 https://www.kanazawa-museum.jp/daisetz/index.html

写真提供：鈴木大拙館

芸術の森公園の敷地内。向かい側には美術館が建つ

no.36

山梨県立文学館

甲府市

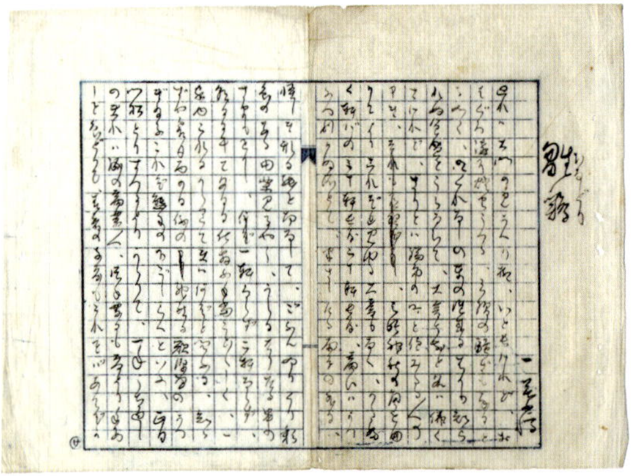

樋口一葉『たけくらべ』未定稿　山梨県立文学館蔵。題名に「雛鶏（ひなどり）」とあるが、1895（明治28）年1月、『文学界』第25号に『たけくらべ』として発表された文章との異同は少なく、清書の前段階のものと思われる

甲府市郊外、緑豊かな芸術の森公園に立地する山梨県立文学館。6ヘクタールある広々とした公園の敷地内には美術館もあり、随所に彫刻も配置されていてゆっくり散策が楽しめる。

文学館は山梨県出身、ゆかりの文学者を軸として、山梨を描いた作品や日本文学史上に大きな業績を残した文学者の資料を収集。館蔵資料を作家ごとに紹介する常設展では、直筆原稿や書簡、書画などさまざまな資料からその人物に迫る。湯村温泉郷に逗留していた太宰治や徒歩旅行で山梨を訪れていた芥川龍之介、山梨出身の両親を持つ樋口一葉、花子とアンで話題になった村岡花子なども。なかでも芥川龍之介は国内有数のコレクションを誇る。

そのほか、大正時代に『ホトトギス』で活躍し、俳誌『雲母』を主宰した飯田蛇笏(だこつ)と龍太親子の記念室もある。常設展は年4回、展示替えを行い、その期間ならではのテーマに合わせて資料を紹介するコーナーも設けられている。

緑豊かな環境に包まれる文化空間

❶井伏鱒二や太宰治、山本周五郎など、山梨出身やゆかりの作家と作品が並ぶ ❷芥川龍之介「水虎晩帰之図」山梨県立文学館蔵。1923（大正12）年8月、芥川龍之介が夏期大学の講師として清光寺（現・北杜市長坂町）に滞在中、芥川の世話をした諏訪孝禅氏のために描いた河童の絵 ❸企画展・常設展関連グッズ、関連書籍などがそろうミュージアムショップ

芥川龍之介『鼻』草稿　山梨県立文学館蔵。『新思潮』1916（大正5）年2月掲載。夏目漱石は芥川宛書簡で「あゝいふものを是から二三十並べて御覧なさい　文壇で類のない作家になれます」と賞賛した

POINT

1989年開館の山梨県立文学館。その建築や展示には、最新のミュージアムとは一味違った風格がある。天井の高い、重厚なエントランスホール。木製の枠が美しい、品のある展示ケース。そんな一つ一つの設えが、資料との出会いを演出してくれる。もちろん、資料のほうも一級品だ。山梨県にゆかりが深い太宰治や井伏鱒二、同県出身の山本周五郎や村岡花子、そして力を入れて展示している芥川龍之介や飯田蛇笏・龍太親子…。観覧後は2階ホールから外を眺めよう。向かい合って建つ県立美術館の背後に南アルプスの山並みが連なる。絶景だ。

(時) **9:00～17:00(最終入室30分前)、閲覧室は9:00～19:00(土・日曜、祝日は～18:00)**
(休) **月曜(祝日の場合は翌日)、祝日の翌日(日曜は開館)、年末年始、その他臨時開館・休館あり**
(料) **常設展一般330円**  ※入館時段差なし

山梨県甲府市貢川1-5-35
055-235-8080／JR甲府駅→バス15分

写真提供：山梨県立文学館

懐古園内にある藤村記念館。建物は建築家・谷口吉郎の設計

no.37

小諸市立藤村記念館

小諸市

藤村が勤めた小諸義塾。当時の校舎を残す小諸義塾記念館は藤村記念館から徒歩6分ほど

『破戒』と『千曲川のスケッチ』いずれも初版

藤村が過ごした小諸の風景へ

「小諸なる古城のほとり」で始まる『千曲川旅情のうた』。藤村記念館は、その中で古城と詠われている小諸城址・懐古園にある。藤村は1899（明治32）年、恩師が開塾した小諸義塾に招かれ、国語と英語の教師をしながら6年間を小諸で過ごした。小諸の風土や生活、千曲川周辺の自然に触れた藤村は、「物を見る稽古」のために書き記した『千曲川のスケッチ』でその様子を新鮮に描写。懐古園をよく訪れ、当時園内にあった矢場に同僚たちと弓を引きに行った、というエピソードも紹介されている。

小諸で観察と思索を深めていった藤村は、詩人から小説家へと転身していくこととなり、『藁草履』『爺』『老嬢』など多くの短編小説を発表。長編小説『破戒』の執筆にとりかかりながら小諸を去る。記念館では、主に小諸時代を中心とした作品や資料、遺品などを収蔵し、直筆の『千曲川旅情のうた』や『千曲川のスケッチ』『破戒』『落梅集』などの初版本が展示されている。

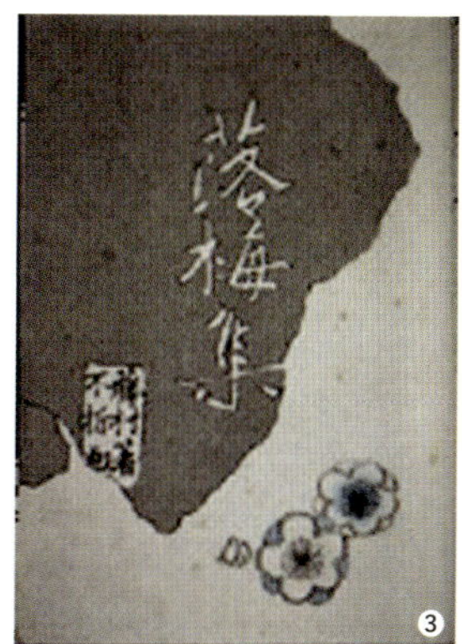

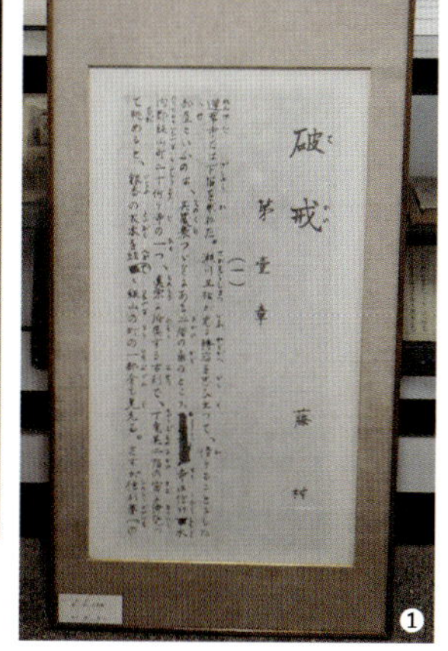

❶『破戒』文学碑の拓本 ❷島崎藤村（51歳） ❸『落梅集』1901（明治34）年刊。『千曲川旅情のうた』など、小諸時代の旅情をうたった第4詩集。藤村はこの後、小説家へと転身していく

POINT

「小諸なる古城のほとり」という藤村のフレーズで有名な小諸城。その城は現在、懐古園と名づけられ、博物館や美術館、動物園が点在する遊園となっている。最新の「複合文化施設」とは異なるが、その雑多な感じがどこか懐かしく、楽しい。そんな園内にあるのが藤村記念館だ。館のすぐ近くにそびえる推定樹齢500年の大ケヤキは、格好のフォトスポットになり、観光客で賑わっている。のどかな雰囲気の中に、さまざまな時代が重なり合う。藤村がこの地に住んだ往時を想う。

時 9:00～17:00（12～3月は～16:30、最終入館はいずれも30分前）
休 水曜（12月1日～3月中旬）、年末年始
※4～11月は無休
料 一般500円 ※フロア移動なし

長野県小諸市丁315番地1（懐古園内）
0267-22-1130／JR・しなの鉄道小諸駅→徒歩5分

https://www.city.komoro.lg.jp/soshikikarasagasu/kyoikuiinkaijimukyoku/bunkazai_shogaigakushuka/4/2/6/1536.html

写真提供：小諸市立藤村記念館

文学館の敷地内には、堀が暮らしていた旧宅や書庫、常設展示棟などがある

no.38

堀辰雄文学記念館

軽井沢町

記念館入口には、中山道でも大きな宿のひとつだった追分宿本陣の裏門が移築されている

代表作『風立ちぬ』をはじめ、軽井沢を舞台とした数々の作品を残した堀辰雄。およそ100年前の1923（大正2）年19歳の夏、室生犀星にともなわれて初めて軽井沢にやってきた堀は、以降毎年のようにこの地を訪れていたという。

その後1944（昭和19）年からは追分に居を構え、1953（昭和28）年に49歳で亡くなっている。『風立ちぬ』最終章「死のかげの谷」は、旧軽井沢の幸福の谷と呼ばれる場所にあった川端康成の別荘で執筆された。

1993（平成5）年、軽井沢の地に開館した堀辰雄記念館は、夫人から住居や資料などの寄贈を受けたもの。常設展示室では原稿や書簡、初版本や愛用の品などが展示され、堀の生涯とその文学の背景を知ることができる。また、書庫は本人の蔵書を収めるために建てられており、生前、堀が指示した通りに愛蔵書が並べられている。哲学や宗教、民俗学、美術など幅広いジャンルの書籍が並べられ、堀辰雄の嗜好を垣間みることができる。

作家の愛した地で来館者を迎える、心地よい空間

❶夫の死後、夫人が暮らしていた建物が常設展示棟となっている❷堀辰雄が晩年を過ごした家。川端康成から新築祝いとして贈られた直筆の書がかけられている❸完成を心待ちにしていた書庫 ❹軽井沢を舞台とした堀辰雄の代表作『風立ちぬ』

真っ直ぐに続く並木道を進むと、やがて文学館がみえてくる。その導入だけで、軽井沢の地を愛した堀辰雄の世界に引き込まれる気がするだろう。敷地内には、企画展示室を兼ねる管理棟のほかに、数棟の建物が点在している。友人たちから贈られた調度品や書画も残る、作家の旧宅。彼が亡くなる10日前に完成したという小さな書庫。常設展示棟として来館者を迎えるのは、彼の没後、夫人が建てて住んだ2階建ての住居だ。さわやかな風を感じる、心地よい文学館。思わず深呼吸をしたくなる。

時 9:00～17:00（入館30分前）
休 水曜（休日の場合は開館）
※7月15日～10月31日は無休、年末年始
料 400円ほか（追分宿郷土館と共通）

長野県北佐久郡軽井沢町大字追分662
0267-45-2050／しなの鉄道信濃追分駅→車5分

 https://www.town.karuizawa.lg.jp/www/genre/1000100000048/

写真提供：堀辰雄文学記念館

優れた児童文学作品を生み出した椋鳩十の生涯に触れることができる

no.39

椋鳩十記念館・記念図書館

喬木村

生誕100年を記念して再現された書斎

生家跡近くからの眺望。椋が子どものころに感動したという夕焼けはここから見たもの。近くには墓所もある

国語の教科書にも採用された『大造じいさんとガン』をはじめ、数々の児童文学作品で知られる椋鳩十。故郷である喬木村の椋鳩十記念館は、生まれ育った生家跡から約1.5kmほどの場所に位置する。

館内には著作や原稿、遺品、取材ノートや掛け軸などのほか、本格的な動物文学のジャンルの先駆者ともいえる椋の研究物や資料も展示。また、生誕100年を記念して再現された書斎なども見ることができる。併設の記念図書館には、椋鳩十文学コーナーもあり、著作や研究物などが閲覧可能だ。

さらに、生家跡・墓所付近から記念館までは公園や記念碑が点在し、「椋文学ふれ愛散策路」として整備されている。椋は小学生のころ、先生から『ハイジ』を薦められ、その中に出てきた夕焼けの記述と相まって、自宅裏山の対面に見える中央アルプスが茜色に染まる様子に深い感動を覚えたという。その景色は、生家跡付近から眺めることができる。

椋文学を育んだ故郷からの眺望

❶原稿や遺品など貴重な資料を展示 ❷勤務は週2回が目安。会えたらラッキーな茶トラのネコ館長ムクニャン ❸記念館入口。扉には椋が愛用した原稿用紙がデザインされている

POINT 児童文学・動物文学の第一人者として活躍した椋鳩十は、同時に、日本の図書館史に名を残す、卓越した図書館人でもあった。42歳で鹿児島県立図書館の館長として赴任した彼は、「農村文庫」の設置、母と子による読書運動の推進、市町村図書館の設立などに奔走し、全国に影響を与えたという。その事績を讃える喬木村立椋鳩十記念館は、同じく村立の椋鳩十記念図書館に併設する。建物の入口には、椋の大きな肖像写真が飾られている。図書館と利用者を見守る、偉大だが優しい父親のようだ。

時 10:00～18:00(土・日曜は～17:00、最終入館はいずれも30分前)
休 月曜、第1火曜、蔵書整理休館(9月中旬)、年末年始、展示替え日
料 一般200円ほか  ※フロア移動なし

長野県下伊那郡喬木村1459-2
0265-33-4569／JR飯田駅→車20分

 https://www.vill.takagi.lg.jp/doc/mukuhatojukinen/

写真提供:椋鳩十記念館・記念図書館

モデルコース③／JR金沢起点

ゆったり文学館めぐりプラン
古都の趣と文学のまち金沢へ

文学の土壌豊かな金沢は、泉鏡花、徳田秋聲、室生犀星の三文豪をはじめ、数多くの文学者を輩出している。市内を流れる浅野川や犀川、古き趣を残す街並みなど、創作につながる古都の情景とその空気を肌で感じながらめぐりたい。

JR金沢駅
「世界で最も美しい駅」のひとつに選ばれたこともある古都の玄関口。観光の拠点として活躍するだけでなく、金沢グルメやお土産なども幅広くラインナップしている。写真は能楽の鼓(つづみ)をイメージした鼓門(東口)。

ひがし茶屋街
美しい出格子と石畳が続く重要伝統的建造物群保存地区。かつて茶屋街としてにぎわった面影を残す街並みは、カフェや和菓子、伝統工芸品、雑貨などの店があり、食事やショッピングを楽しむことができる。

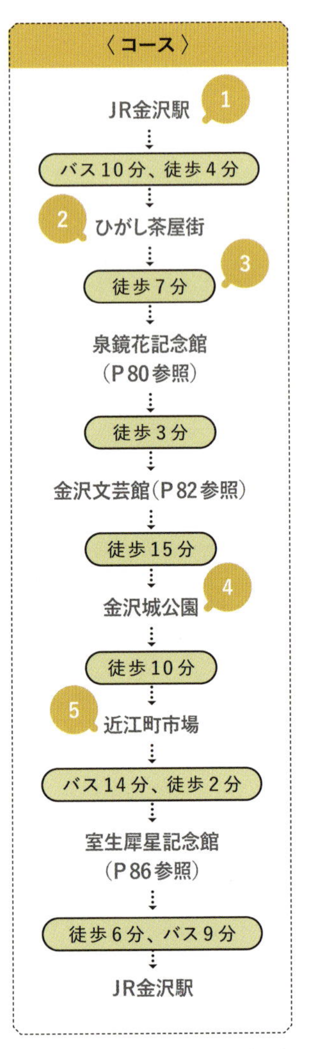

写真提供:金沢市

3

浅野川

〝女川〟と呼ばれる浅野川付近にゆかりの深い徳田秋聲と泉鏡花。ひがし茶屋街寄りの沿道は「秋聲のみち」、主計町寄りの沿道は「鏡花のみち」と名付けられ、木造風の梅ノ橋周辺は泉鏡花『義血侠血(ぎけつきょうけつ)』の舞台にもなっている。橋のたもとには徳田秋聲記念館もあるので、プランに合わせて訪れてみよう。

4

金沢城公園

加賀百万石前田家の居城だった金沢城公園は、菱櫓(ひしやぐら)や五十間長屋、橋爪門続櫓(はしづめもんつづきやぐら)のほか、見どころがたくさん。春の桜や冬の雪景色など金沢を代表する景観を楽しみたい。石川門下から大手堀方面へ向かう白鳥路にはさまざまな彫刻が並び、金沢三文豪の銅像も見られる。

近江町市場

日本海の新鮮な魚介や、地元産の野菜や果物などがずらりと並ぶ市民の台所・近江町市場。買い物はもちろん、揚げたてのコロッケや海鮮焼きなどの食べ歩きも楽しい。海の幸たっぷりの海鮮丼も人気だ。

5

おすすめグルメ

colum3

カフェやレストラン②

文学館の飲食施設紹介を続けていきましょう。

日本近代文学館の「カフェBUNDAN」では、関連する作品の一節を引用した「読める」メニューを楽しめます。「芥川」「鷗外」といった文豪の名を冠したコーヒーや、村上春樹の作品にちなんだ「ハードボイルド・ワンダーランド」の朝食セットなど、思わずにやりと笑ってしまう工夫が満載です。

新美南吉記念館の「Cafe＆Shop ごんの贈り物」では、絵画やオブジェが飾られたかわいい空間で、ほっこりと安らぐことができます。思わず写真を撮りたくなる店内です。

姫路文学館の「水屋珈琲」は、展示室が集まる北館からは少し離れた南館に位置しています。子ども向けスペースである「よいこのへや」が近いためか、家族連れも多い印象です。明るい店内で、ちょっと懐かしい雰囲気の洋食なども味わえます。

有吉佐和子記念館「純喫茶リエール」。ボリュームたっぷりの本格的なランチで、リピーターが出るのも納得です。

と、やっぱり紙幅が足りません！

中部・近畿エリア

CHUBU・KINKI

『手ぶくろを買いに』の帽子屋を原寸大で再現。奥には図書室の入口が見える

no.40

新美南吉記念館

半田市

ユニークな外観が目を引く記念館。隣接する「童話の森」の散策もおすすめ

波打つようなフォルムの屋根がユニークな新美南吉記念館。『ごんぎつね』などの代表作で知られる新美南吉は、1913(大正2)年、愛知県知多郡半田町(現半田市)生まれ。故郷の知多半島を舞台に庶民や動物、その心の通い合いや生き方をテーマとして数多くの作品を残し、今も多くの読者に愛されている。

エントランスホールからきつねの足跡に導かれて展示室へ向かうと、自筆原稿や日記、手紙などで、南吉の生涯と文学世界を紹介。ノートに書かれた発表前の『権狐(ごんぎつね)』など興味深い資料も多く、童話だけでなく、小説、童謡、詩や俳句など多岐にわたる創作活動をしていたことがわかる。館内には、『手ぶくろを買いに』の帽子屋や『おじいさんのランプ』の木など、童話の世界に入り込める仕掛けがたくさん。かわいい子ぎつねも隠れているので探してみよう。

隣接する「童話の森」は、『ごんぎつね』に登場する中山さまの城跡といわれている場所。ごんがひょっこり顔を出しそうな里山を散策してみたい。

ごんぎつねが誘う南吉童話の世界

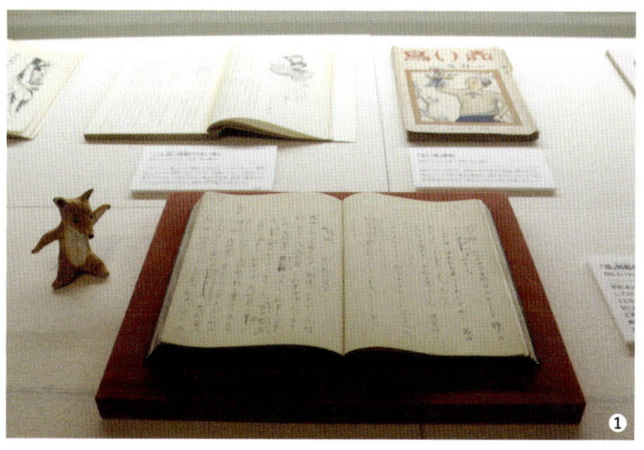

❶ノートに書かれた発表前の『権狐』❷東京時代の下宿(三畳一間)の再現 ❸cafe&shop「ごんの贈り物」では、童話をモチーフにしたグッズやワークショップも開催されている

館内にいる7匹のこぎつねたちを探してみよう

POINT 穏やかな時間が流れるミュージアムだ。ゆるやかな起伏を基調とする建築は、周囲の景観に見事に溶け込んでいる。開館は1994年。ただ、2013年と2023年にリニューアルされていて、古さはまったく感じない。常設展示では、南吉の生涯に加え、『ごんぎつね』などの名作を愛らしいジオラマも交えておさらいできる。観覧後はぜひ、カフェ&ショップ「ごんの贈り物」へ。手ぬぐい、Tシャツ、陶器、オブジェ……。多彩な作り手たちによる商品が並ぶ。享年29歳。短い人生を駆け抜けた南吉の贈り物が、かたちを変えて受け継がれていく。

(時) 9:30～17:30
(休) 月曜・第2火曜(祝休日は翌平日)、年末年始
(料) 一般220円 ※フロア移動なし

愛知県半田市岩滑西町1-10-1
0569-26-4888／名古屋鉄道知多半田駅→徒歩5分→バス15分

 https://www.nankichi.gr.jp/

写真提供:新美南吉記念館

no.41

佐佐木信綱記念館

鈴鹿市

歌人・万葉集研究の第一人者でもある佐佐木信綱の記念館

『鶯』『豊旗雲』『新月』『常盤木』『思草』

『山と水と』『梁明』『瀬の音』『天地人』『椎の木』

『思草』『新月』など歌人として多くの歌集を刊行した

1872(明治5)年、現三重県鈴鹿市に生まれた佐佐木信綱は、6歳から短歌を詠みはじめ、多くの歌集を刊行し、生涯1万首以上を作歌した。歌人として活躍する一方、国文学者としても万葉集の研究と普及に尽力し、第1回文化勲章も受章している。

記念館は1970(昭和45)年、生家を移築し開館。生家を拠点に、信綱が還暦記念として故郷に寄贈したという石薬師文庫や土蔵、昭和61年に完成した資料館などで構成され、例年4月下旬から5月にかけて庭の卯の花が見頃を迎える。

主な展示品は、信綱自筆の「夏は来ぬ」の色紙や、幼少時の短冊、歌集や遺愛品などで、信綱の功績を知ることができる。

年1回開催されるテーマを定めた特別展では、歌集、短歌雑誌『心の花』のほか、歌人や学者はもとより、小説家、画家、音楽家、政治家など、さまざまな分野で活躍していた著名人や門下生が信綱に宛てた書簡資料なども紹介している。

鈴鹿の偉人の足跡をたどる

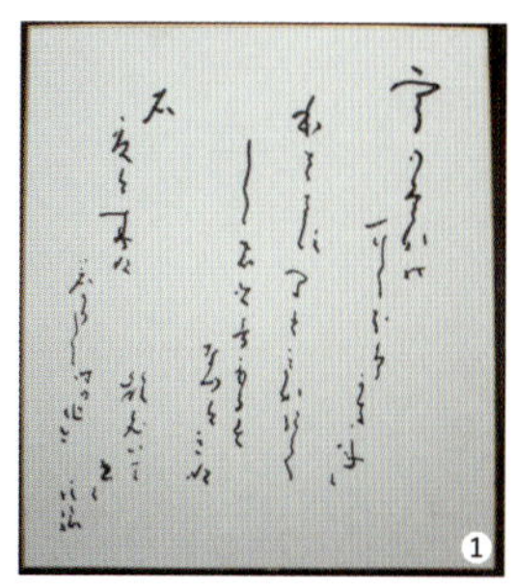

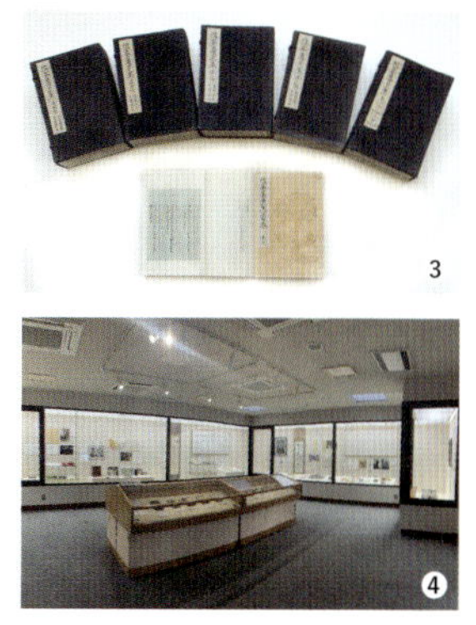

❶「夏は来ぬ」色紙。作詞者として知名度を得た信綱の代表作 ❷記念館に隣接する信綱の生家。国の登録有形文化財。庭から見学することができる❸国文学者として万葉学史に残る大業となった『校本万葉集』❹資料館には文化勲章も展示されている

POINT 知らずに訪れた来館者は、常設展示室の年譜にまずは驚くだろう。13歳で東京大学に入学。17歳で卒業。19歳で、父・弘綱と共に『日本歌学全書』全12巻の刊行を開始。父は間もなく没するが、その後20歳で同書を完成させる。大変な秀才ぶりである。信綱はやがて、万葉集研究の第一人者として、そして歌人としてもひろく知られるようになる。記念館のロビー脇の引き戸を開けて進むと、隣接する信綱の生家も見学できる。隣のお宅にちょっとお邪魔するといった距離感だ。産湯を汲んだ井戸も残る。偉人の幼時を想い、親しみがわく。

時 9:00～16:30(2025年4月1日より10:00～16:00)
休 月曜・第3火曜(祝休日は翌平日)、年末年始
※2025年4月1日より月・火・第3水曜(月曜のみ休日の場合は開館)、年末年始
料 無料 ※フロア移動なし

三重県鈴鹿市石薬師町1707-3
059-374-3140／近畿日本鉄道鈴鹿市駅→バス11分→徒歩2分

写真提供:鈴鹿市文化スポーツ部 文化財課

no.42

さかい利晶の杜

堺市

堺出身の歌人・与謝野晶子と茶の湯を大成した千利休の生涯や人物像、堺の歴史や文化が学べるスポット

堺の見どころや観光案内のほか、江戸時代後期の堺を描いた「泉州堺絵図」の陶板フロアマップで当時の賑わいを伝える

千利休茶の湯館と与謝野晶子記念館。堺を代表する2人を紹介する展示室があるさかい利晶の杜は、2015（平成27）年に開館。2人の功績と風土とのかかわりを紹介しながら、堺の魅力を発信している。

与謝野晶子は1878（明治11）年に和菓子商の娘として生まれ、22歳で上京するまで堺の地で過ごした。館内には、晶子の詩歌の世界を映像と音声で体感できる詩歌の森、執筆活動していた様子が思い浮かぶ書斎や生家が再現され、晶子の文学の出発点を思い描くことができる。

茶の湯（わび茶）の大成者・千利休は、若き日を堺今市町で過ごす。展示室では、その当時と最晩年を過ごした京の聚楽屋敷の茶室を想定した床部分の比較展示を見ることができる。また当時、堺の街にかかわりがあった人々が自身の生涯を語る音声展示があり、千利休は堺市出身の歌舞伎俳優・片岡愛之助が務める。

本格的な茶室で茶の湯体験もでき、大人から子供まで楽しみながら堺の歴史文化を体験することができる。

利休と晶子を通じて堺のまちを体感

❶晶子の本の装幀は凝ったものが多く、美術的にも優れている。展示では表紙だけでなく裏表紙や口絵なども観ることができる ❷晶子の生家「駿河屋」を再現。羊羹で有名な和菓子商で、2階が西洋づくりの和洋折衷の建物だった

与謝野晶子が生まれた明治11年から数えて約150年。昭和17年に没してからでも、すでに80年以上が経つ。にもかかわらず、彼女の言葉や思想は圧倒的にみずみずしい。現代的な建築や展示のデザインがこれほど違和感なく調和する、明治前期生まれの作家も珍しいのではないか。展示室に掲げられている次の一文は、わたしたちの時代に向けられた晶子からの挑発のようですらある。「創造は過去と現在とを材料にしながら新しい未来を発明する能力です」。

千利休茶の湯館では、利休と堺のかかわりを紹介

㊐ 9:00～18:00（千利休茶の湯館、与謝野晶子記念館、観光案内展示室、最終入館30分前）
10:00～17:00茶の湯体験施設

㊡ 第3火曜（祝休日は翌平日）、年末年始
※観光案内展示室は年末年始のみ

㊕ 一般300円ほか ※入館時段差なし

大阪府堺市堺区宿院町西2-1-1

072-260-4386／阪堺電車宿院駅→徒歩1分、または南海電鉄堺駅→徒歩10分、堺東駅→バス5分→徒歩1分

 https://www.sakai-rishonomori.com/

写真提供：さかい利晶の杜

常設展示のほか、川端康成にちなむ企画展を随時開催

no.43

茨木市立川端康成文学館

茨木市

文豪の生涯にふれながら、遺品や書簡、原稿などを展示

写真提供：茨木市立川端康成文学館

文学の志を深めたゆかりの地

『伊豆の踊子』『雪国』『古都』などの代表作で知られ、日本人初のノーベル文学賞受賞者となった川端康成は、幼い頃に両親を亡くし、3歳から市内の旧制中学校を卒業するまで、茨木市で暮らした。文学館は茨木市に1985(昭和60)年開館。国内のみならず、世界でも高い評価を受ける川端文学に親しむ場となっている。

館内では著書のほか、遺品や書簡、原稿や墨書など約400点を展示。康成が祖父母と暮らした茨木市宿久庄の家の模型や文学散歩のコーナー、そして、亡くなるまで暮らした鎌倉・長谷邸の書斎を再現したコーナーもあり、希望者は仕事机に座って、館特製の原稿用紙に万年筆で文字を書く作家体験ができる。川端が生まれた6月には生誕月記念の企画展を開催するほか、併設のギャラリーでは市内外で活躍する芸術家による展覧会も行われる。偉大な業績を残した作家が文学の志を深めた地で、その生涯と作品をたどろう。

祖父母と暮らした茨木市内の家の模型

POINT 大阪で生まれた川端康成は、幼少期に両親を相次いで亡くし、茨木市の祖父母のもとで育てられた。展示は、その幼い日々の暮らしから始まり、作家としての成長を追う。祖父母と暮らした家を再現した、音声解説付きの大きな模型や、作家となる決意を固めた旧制茨木中学時代の資料など、川端文学の原点を見つめ直す内容になっている。文学を志した少年はやがて大成し、日本人初のノーベル文学賞に輝く。その授賞式の様子が写真パネルなどで紹介されているのだが、式に臨む晩年の作家のたたずまいは、凛として、美しく、隙がない。

再現された書斎の机には硯や筆が置かれ、書をたしなんだ康成生前の雰囲気を伝えている

時 9:00～17:00
休 火曜、祝日の翌日(祝日が火曜日の場合は水曜)、年末年始、2月1日～10日、展示替期間等
料 無料

大阪府茨木市上中条 2-11-25
072-625-5978／JR総持寺駅→徒歩10分

安藤忠雄により、城を回遊し、文学と対話する空間として設計された姫路文学館

no.44

姫路文学館

姫路市

姫路城がある姫山の歴史とそこで生まれた物語を紹介する「姫路城歴史ものがたり回廊」

〝物語になる〟土地の文学館

1991(平成3)年、市制100周年事業の一環として開館した姫路文学館は、国宝・姫路城の北西にあり、建築家・安藤忠雄の設計による建物が古い町並みに新たな彩りを添えている。

館内は北館と南館に分かれ、北館には、姫路城にまつわる物語や歴史の一場面をドラマ仕立ての映像や資料で紹介する「姫路城歴史ものがたり回廊」、ことばを入口に播磨ゆかりの作家や学者の魅力を伝える「ことばの森展示室」、姫路出身の哲学者・和辻哲郎のコーナーがあり、姫路を中心とした播磨ゆかりの文学に触れることができる。

南館の無料スペースには、図書室や親子で楽しめる「よいこのへや」、カフェのほか、姫路に深いつながりを持つ司馬遼太郎の記念室も。黒田官兵衛の生涯を描いた歴史小説『播磨灘物語』の執筆原稿や挿絵などを展示している。また、敷地内には大正期に建てられた日本家屋「望景亭」もあり、現代的な文学館の建物との対比も味わい深い。

❶タッチパネルなどを使い〝ことば〟を楽しめる空間「ことばの森展示室」❷『播磨灘物語』などの資料が紹介されている司馬遼太郎記念室 ❸親子でくつろげる「よいこのへや」。室内のタペストリーとモビールは『播磨国風土記』がモチーフ

敷地内には国登録有形文化財の「望景亭」も

POINT

「絵になる」土地があるように、「物語になる」土地もある。播磨・姫路がまさにそのような地であることが、常設展示からもよくわかる。風土記に書かれた神話の時代の親子喧嘩から、戦国時代の下剋上や恋物語、さらには江戸期の怪談・播州皿屋敷まで、姫路は実に物語の宝庫だ。そんな物語の数々が多くの作家を魅了してきた。また、同館には、一面に咲くツツジや遠くにみえる姫路城、国登録有形文化財の望景亭など、写真映えするスポットも満載だ。「物語になる」土地の文学館には、「絵になる」風景もある。

(時) 10:00～17:00(最終入館30分前)
(休) 月曜(祝休日は開館)、祝日の翌日(土日は開館)、年末年始
(料) 一般450円ほか

姫路市山野井町84
079-293-8228／JR姫路駅→バス6分→徒歩4分

写真提供:姫路文学館

数寄屋造りの建物や庭など、空間全体で谷崎潤一郎の世界を体感できる

no.45

芦屋市谷崎潤一郎記念館

芦屋市

自宅応接室にて、1949(昭和24)年頃の谷崎潤一郎

庭園は、谷崎が一時居住した京都の潺湲亭(せんかんてい・現石村亭)の庭を模している

東京大学在学中の『刺青』により鮮烈にデビューした谷崎潤一郎は、関東大震災をきっかけに関西へ移住。その後、日本の伝統文化や美意識へと作品の基調を移し数々の作品を残した。谷崎潤一郎記念館は、名作『細雪』の舞台であり、谷崎が愛した芦屋の浜手にある。

記念館では谷崎の自筆原稿や書簡、愛用の文机や硯、作品ゆかりの琴など、約1万3000点もの資料を所蔵。年4回の展示で谷崎やその文学の変遷を紹介している。また、2023(令和5)年のリニューアルでは、ロビーに設置された大型モニターの映像で谷崎の生涯や芦屋とのつながりなどを紹介しているほか、日本古来の美意識について論じた谷崎の代表作『陰翳礼讃』の世界が感じられるお手洗いに一新。展示室のみならず、建物そのものや日本庭園、さまざまな要素が加わった空間で、高い芸術的評価を受ける谷崎文学の世界を堪能することができる。

静かな存在感を放つ和風建築と庭園

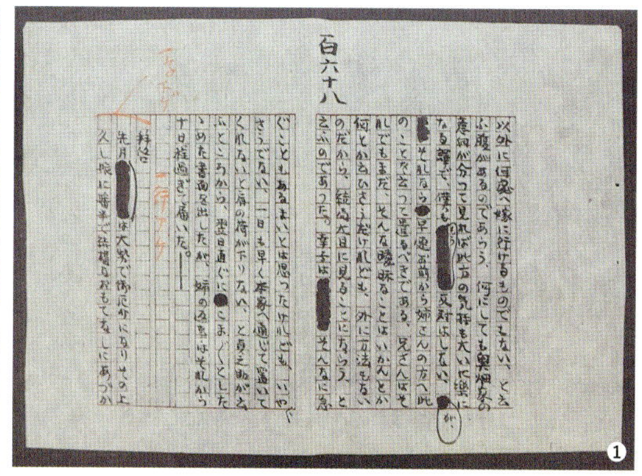

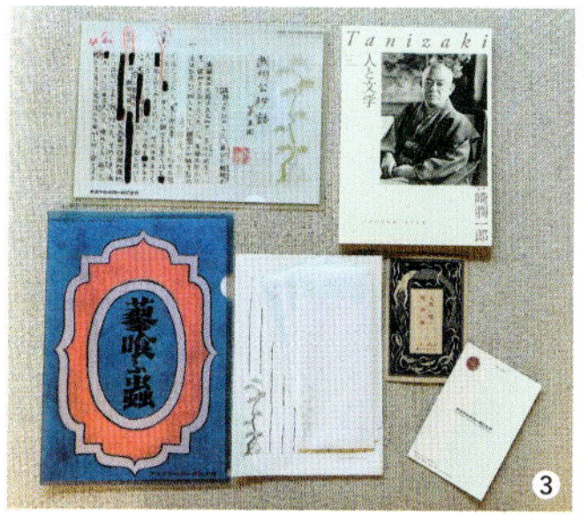

❶『細雪』反古原稿は、太平洋戦争中に疎開していた岡山で書き捨てられたもの。話の流れが大きく異なっている ❷谷崎の書斎をイメージしたコーナー ❸『蓼喰う虫』初版本、『武州公秘話』自筆原稿のクリアファイル(300円)などのミュージアムグッズも

芦屋市立美術博物館と芦屋市立図書館という2つの大きな公共施設に挟まれた、数寄屋風の建物、それが谷崎潤一郎記念館だ。両隣の施設に比べると小ぶりだが、しかし不思議と圧迫されている感はない。むしろ、記念館の日本家屋風の門構えと建物が、静かな存在感を放っているという印象だ。入館すると、谷崎の旧居・潺湲亭の庭を模した庭園も楽しめる。展示室の雰囲気は落ち着いていて、彼の作品や人生と向き合うにはぴったりだ。代表的な評論である『陰翳礼讃』をモチーフにした真っ黒なトイレも、遊び心があって面白い。

㊐ 10:00～17:00(最終入館30分前)
㊡ 月曜(祝休日は翌平日)、年末年始
㊎ 展覧会によって料金が異なる
(特設展一般500円、特別展一般600円ほか)
※フロア移動なし

兵庫県芦屋市伊勢町12-15
0797-23-5852／阪神電車芦屋駅→徒歩15分

写真提供:芦屋市谷崎潤一郎記念館

邸宅が建てられたのは1961(昭和36)年。紀ノ川近くに復元されている

no.46

和歌山市立有吉佐和子記念館

和歌山市

実際に使用していた執筆用の机などを展示し、仕事場を再現

有吉佐和子が東京・杉並区で暮らした邸宅を復元。2022(令和4)年に開館した比較的新しい記念館だ。

1階の展示室は、洋間の応接室。出版社との打ち合わせや取材時に使われていた部屋で、直筆原稿や万年筆などの資料が紹介されている。仕事場兼寝室だったという部屋は2階の8畳間。佐和子が使用していた執筆用の机と椅子が置かれ、『華岡青洲の妻』『複合汚染』など多くの作品が生まれた書斎を再現している。また、自宅には茶室もあり、藪内流の茶道を学んだ佐和子は、執筆の合間をぬってたびたび茶会を開いていたという。和風の庭には、さまざまな草花が植えられ、『芝桜』『木瓜の花』など、小説のタイトルになっている花も見られる。

さらに、館内のどこかには、佐和子のリクエストにより愛娘が貼ったスマイルシールも。執筆と日常、ベストセラー作家の暮らしぶりが目に浮かぶようだ。

故郷との縁をつなぐ記念館

❶紀の川の青さに感動したという有吉佐和子。『紀ノ川』の主人公・花は「紀の川ほど美っつい川はございませんよし」といっている ❷紀州を舞台にした『紀ノ川』をはじめ、有吉佐和子の名作に関する貴重な資料を展示 ❸佐和子は藪内流の茶道を学んだ茶人でもあり、自宅でしばしば茶会を催していた

カフェスペース「純喫茶リエール　有吉佐和子邸」。和歌山の郷土料理茶粥も人気

POINT

和歌山生まれの有吉佐和子は、4歳で転居し、その後は主に東京などで暮らした。しかし彼女は生涯、故郷との縁を大切にし続けたという。『紀ノ川』をはじめ、和歌山を題材とする作品も少なくない。記念館は、その故郷の地に、杉並区の自邸を再現したもの。引き戸を開け、靴を脱いで入るのだが、「入館」というより、友人宅にお邪魔する気分だ。1階のカフェを目当てに訪れる地元の人も多い。2階には再現された書斎も。その机には愛用の原稿用紙の束が白紙のまま置かれている。53歳で急逝した彼女が、まだまだ書きたいと言っているかのようだ。

時 9:00～17:00
休 水曜(祝休日は翌平日)、年末年始
料 無料

和歌山県和歌山市伝法橋南ノ丁9番地
073-488-9880／南海電鉄和歌山市駅→徒歩5分

 https://www.ariyoshi-sawako.jp/　　写真提供:和歌山市立有吉佐和子記念館

モデルコース④／JR大阪・阪神梅田駅起点

温泉と世界遺産プラン

関西の奥座敷有馬温泉と世界文化遺産姫路城へ

商業都市として隆盛を極めた大阪と、
西洋の文化がいち早く浸透した神戸。
文豪・谷崎潤一郎も、伝統と新しい文化が混在した
この阪神間に暮らしていた。
多くの文人に愛された関西の奥座敷・
有馬温泉でゆっくり過ごした後は、
世界文化遺産のある姫路へ足を延ばそう。

● 菊正宗酒造記念館

日本一の酒どころとされる地域で、酒造りの原点を知ることができる。ほぼすべてが国指定重要有形民俗文化財となっている酒造展示室のほか、生原酒などを試飲できるきき酒コーナー、酒蔵ソフトクリームなども。また、阪神魚崎駅から北へ450ｍほどの場所には、『細雪』の舞台となった谷崎潤一郎旧邸「倚松庵（いしょうあん）」があり、土・日曜に開館している。

2

パン

〝パンの街〟ともいわれる神戸は、数多くの店が展開するパン屋激戦区。老舗ベーカリーの定番から新進気鋭ブーランジェリーの新たな味まで、多彩なラインナップのパンを気軽に味わおう。

3

有馬温泉

日本三古泉とされる有馬温泉の特徴は、鉄分を多く含む赤褐色の名物湯「金泉」と無色透明の「銀泉」という異なる泉質が楽しめる点だ。有馬の宿の中でも最も古い歴史を持つ「陶泉 御所坊(とうせん ごしょぼう)」をはじめ、多くの文豪や著名人に愛されてきた温泉街は風情たっぷり。

4

姫路城

白鷺城の愛称の通り、美しい白壁と羽ばたくような天守群が広がる世界文化遺産・姫路城。大小の天守や白漆喰による塗籠造(ぬりごめづくり)、鉄砲や矢を放つための狭間(さま)、怪談「播州皿屋敷」の舞台ともいわれるお菊井戸など、隅々までじっくり見学したい。

colum4

写真撮影の話

ミュージアムでは近年、展示室内での写真撮影が許可される傾向が強まりつつあります。歴史や科学のミュージアムはもとより、美術館などでも撮影可となっている展示室を見かけることが多くなりました。

ただ、文学館では「撮影禁止」の掲示を見かけることが少なくありません。

このことの一因は、文学館が扱う資料のなかに、著作権や肖像権に関わるものが多く含まれていることです。プライベートな写真や日記、発表前の草稿……。そういった類の資料は、確かに、むやみに写真を撮られ、SNSなどに投稿されてしまうことにそぐわないと言ってよいでしょう。また、日記や草稿の公開は、作家自身の「著作者人格権」にもかかわるデリケートな問題でもあります。

先ほど美術館に触れましたが、基本的に撮影が許可されている美術館の場合でも、著作権の問題で写真撮影ができない作品があることもあります。撮影できないのはちょっと窮屈かもしれませんが、それだけ貴重な資料が豊富に展示されているということ。写真に頼らずにじっくりと展示を味わうのも、文学館見学の醍醐味かもしれません。

Nobutaka Imamura

中国・四国エリア

CHUGOKU・SHIKOKU

no.47

吉備路文学館

岡山市

敷地は約2000㎡の広さ。文学館の周囲を囲む庭園が季節の彩りを添える

4月上旬頃に開花する鬱金(うこん)桜は見どころのひとつ

日本庭園に囲まれた総合文学館

吉備路とは、岡山県全域と広島県東部を含むエリアの古い呼称。海に面した温暖な地域で、文学館は瀬戸大橋の開業に先駆けて1986(昭和61)年の秋に開館した。

館内では、明治以降の小説家や歌人、詩人、俳人、映画人など、吉備路ゆかりの文学者の初版本や書簡、原稿、愛用品など4万7000点以上をコレクション。ゆかりの文学者は、正宗白鳥や内田百閒、井伏鱒二、小川洋子、重松清など幅広く、作家や文学作品にフォーカスした企画展や特別展を年8回ほど開催し、さまざまな角度から紹介している。会期中は展示内容に合わせたイベントも行われ、読むだけではわからない文学の奥深さに触れることができるだろう。

さらに、四季折々の彩りを楽しめる北泉庭(ほくせんてい)も大きな見どころ。庭園は文学館の周囲をめぐり、春の鬱金(うこん)桜、秋の紅葉時期は特におすすめ。開館時間内は自由に散策ができ、館内の休憩コーナーからも庭園を眺められる。

❶休憩コーナーからは日本庭園も眺められる ❷1階の展示室。手前のロビーではコンサートなどが開催されることも ❸2階には展示室兼講堂、ホールがあり、郷土と文学を結ぶ発信地としてさまざまな企画が催されている

POINT

落ち着いた建物や庭園、収蔵資料には古き良き時代の文学の香りが漂う。と同時に、より新しい世代の表現者たちの清新さも伝えてくれる、総合的な文学館である。近年の企画展のラインナップをみても、横溝正史(2022年)、重松清(2023年)、小手鞠るい(2024年)など、魅力的な顔ぶれが並ぶ。ミュージアムショップでも販売されている「少年少女の詩」のシリーズは、岡山県内の小学生から募集した創作詩の優秀作を年度ごとにまとめたもの。これをめくり、子どもたちの感性と対話してみるのも楽しい。

時 9:30～17:00(最終入館30分前)
休 月曜(祝日は開館)、祝日の翌日、年末年始
料 一般400円ほか

岡山市北区南方3-5-35
086-223-7411／JR岡山駅→徒歩15分
※文学館前の道路は午前東行・午後西行の一方通行

写真提供:吉備路文学館

記念館は1934（昭和9）年に開館。現在の施設は3代目で、2016（平成28）年に増改築されたもの。隣には八雲が妻と住んだ旧居がある

no.48

小泉八雲記念館

松江市

『怪談』に収録されている短編「おしどり」の直筆原稿

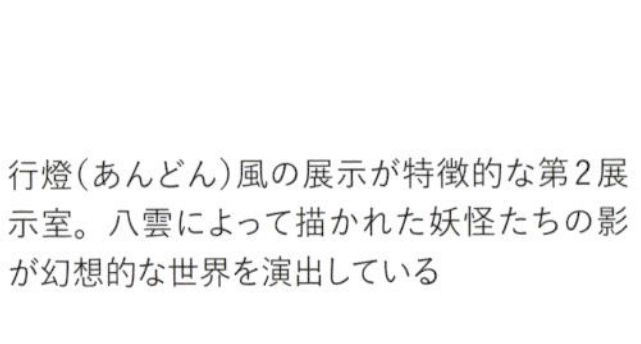

行燈（あんどん）風の展示が特徴的な第2展示室。八雲によって描かれた妖怪たちの影が幻想的な世界を演出している

ラフカディオ・ハーン(小泉八雲)が日本を訪れたのは、1890(明治23)年4月。同年8月には松江にある尋常中学校の英語教師になっている。その後、熊本や神戸、東京などへ移り住み、その間1896年には松江の士族の娘、小泉セツと正式に結婚し日本に帰化。1904年に亡くなるまでの14年間を日本で過ごしている。

八雲は生涯で約30の著作を残しているが、「雪女」や「耳なし芳一」などが収められた代表作『怪談(Kwaidan)』は、原話をもとにセツが語り、八雲が文学として再話したもの。多くの原語に翻訳され、今も世界中で読み継がれている。

館内では、八雲の生涯や思考をグラフィックや映像でわかりやすく紹介。「再話」コーナーでは松江出身の俳優・佐野史郎の朗読とギタリスト・山本恭司による音楽で、八雲が再話した山陰地方の5つの怪談が楽しめる。八雲の多面性、そして開かれた精神を感じることができるだろう。

日本を愛した八雲の開かれた精神を知る

❶第1展示室では、八雲の生涯をテーマに沿って展示。愛用のバッグや小物、心ひかれた日本の文化や風土などを紹介している ❷八雲の書斎を再現したスペースには、特注の背の高い机が展示されている ❸著書や八雲にまつわる書籍が閲覧できるライブラリー

POINT

ギリシアで生まれ、世界各地を転々とした後、日本にたどり着いた小泉八雲。旅する作家にふさわしく、展示はトランクやボストンバッグといった旅の道具から幕を開ける。いずれも彼が来日した際に持参していたものだという。その後も、転居を重ねた八雲を追いかけながら、港から港へと続く船旅のように展示は進む。松江、熊本、神戸、東京…。旅路はやがて、ジャーナリスト、民俗学者、そして作家として活躍した彼の多角的な仕事へとひろがっていくだろう。記念館に隣接する旧居や遺愛の品々などに、彼が愛した日本の面影を探すのも楽しい。

㊡ 8:30〜18:30(10〜3月は〜17:00)(2025年4月1日より9:00〜18:00、10〜3月は〜17:00、最終入館はいずれも30分前)
㊡ 無休(館内メンテナンスのため年6回の休館あり)
㊫ 一般410円ほか(2025年4月1日より600円)

島根県松江市奥谷町322
0852-21-2147／JR松江駅→バス16分

写真提供：小泉八雲記念館

写真パネルや映像、遺品など貴重な資料を通して、幅広い鷗外像を紹介

no.49

森鷗外記念館

津和野町

『荘子』を出典とした鷗外による扁額「鯤飛び、鵬躍る(こんとび、ほうおどる)」

山陰の小京都・津和野に建つ森鷗外記念館。北隣には旧宅がある

1862(文久2)年、津和野藩の医師を代々務める森家に生まれた鷗外(林太郎)は、幼少期を津和野で過ごし、10歳のときに父と上京。東京大学医学部を経て陸軍軍医となり、そのかたわら小説『舞姫』や『山椒大夫』『高瀬舟』などを執筆、明治文壇に確固たる地位を築いた。

鷗外ゆかりの沙羅の木やレンゲなどが咲く記念館では、津和野時代の新資料をはじめ、常時500点を展示。第1展示室では鷗外の60歳までの人生を、その著作や遺品、直筆原稿など豊富な資料で紹介。軍医と文学者、2つの顔を持つ鷗外の生涯に触れる。第2展示室では、鷗外が多感な時期を過ごした津和野時代を映像で紹介している。

記念館は生まれ育った旧宅に隣接し、ロビーから中庭越しに建物を臨むことができる。鷗外が上京以降、津和野を訪れることはなかったが、遺書に記された「余ハ石見人森林太郎」という言葉に、幼き日々の生活がいかに重要な意味をもっていたかを伺うことができる。

生誕の地に残る文豪の息づかい

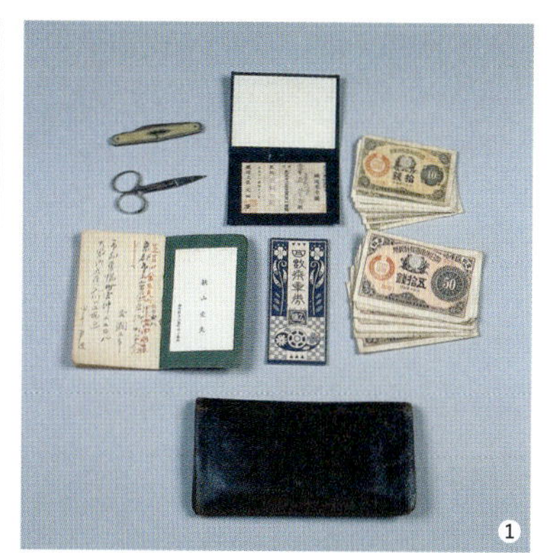

❶財布や鉄道乗車証、回数乗車券などの遺品 ❷展示室入口手前には吹き抜けのロビーが。中庭越しに生家が見られる

10歳まで過ごした旧宅は作品にも登場し、勉強部屋や調剤室を見学することができる(国指定史跡)

POINT 常設展示は二部に分かれている。第1展示室では、作家や軍医として活躍した森鷗外の華々しい履歴をたどる。宮中からの拝領品や各種の勲章、着用した大礼服などもあり、きらびやかな印象だ。しかし、臨終の際に鷗外は、自らの故郷である石見(いわみ)の人として見送られることを望み、あらゆる栄典を拒絶したという。彼のこの望みに沿うかのように、第2展示室では、10歳までをすごした津和野での日々を紹介する。上京し、立身出世を遂げる前の、少年・森林太郎。大作家の原点であり、最後に帰る場所でもあったこの地に想いを馳せる。

時 9:00～17:00(最終入館15分前)
休 月曜(祝休日は翌平日)、年末年始
料 一般600円ほか

島根県鹿足郡津和野町町田イ238
0856-72-3210／JR津和野駅→バス7分→徒歩2分

 写真提供:森鷗外記念館

no.50

ふくやま文学館

福山市

井伏鱒二の郷里、加茂地方の民家をイメージして造られた建物

『ジョン万次郎漂流記』で直木賞を受賞した井伏鱒二

福山城の北西、城を借景にした瓦葺きの建物が印象的なふくやま文学館は、1999(平成11)年に開館。福山市とその周辺にゆかりのある文学者を紹介し、関係資料を展示している。

展示の中心となるのは、福山市出身で、原爆投下直後の広島を舞台とした小説『黒い雨』によって、その名を内外に高めた井伏鱒二。展示室では、井伏の生涯と主要な30作品を解説、さらに『黒い雨』の直筆原稿をはじめ、著書や雑誌などが紹介され、その人生と文学の両面から作家の魅力にアプローチしている。再現された書斎には、書画や愛用品などが展示されていて、多趣味で知られる井伏の日常も伝わってくる。

また、第1展示室では、長年にわたって日本の英文学界をリードしてきた英文学者で随筆家の福原麟太郎、演劇界に新風を吹き込んだ劇作家・小山祐士、詩人・俳人の木下夕爾などを中心に、福山ゆかりの文学が紹介されている。

井伏鱒二の人生と文学に迫る

❶展示ロビーからは福山城が眺められる ❷井伏の書斎を再現したコーナーでは実際の愛用品が展示されている ❸展示の中心となる井伏鱒二の展示室では、その人生と文学を総合的に知ることができる

POINT

井伏鱒二は、釣り、酒、将棋、書画などを愛し、飄々と生きる趣味人としての印象が強いかもしれない。しかしその実、移り行く時代を鋭く見つめ、泥臭く格闘した作家でもあったことが、同館の常設展示からも伝わってくるだろう。館内で紹介されている、小説『黒い雨』の一節は、現代のわたしたちの胸にも鋭く迫る。「戦争はいやだ。勝敗はどちらでもいい。早く済みさえすればいい。いわゆる正義の戦争よりも不正義の平和の方がいい」。

㊊ 9:30～17:00(最終入館30分前)
㊡ 月曜(祝休日は翌平日)、年末年始
㊕ 一般310円ほか ※入館時段差なし

広島県福山市丸之内1-9-9
084-932-7010／JR福山駅→徒歩8分

 https://www.city.fukuyama.hiroshima.jp/site/bungakukan/ 写真提供:ふくやま文学館

中也のふるさと、湯田温泉に建つ記念館。さまざまな場所に中也の言葉が散りばめられている

no.51

中原中也記念館

山口市

展示室では中也の業績と生涯を紹介するとともに、新たな角度から中也の詩を追求するテーマ展も

切なさや哀しさを繊細な言葉で紡いだ詩人・中原中也。「汚れちまった悲しみに……」「サーカス」など、30年の生涯で350篇以上の作品を残し、今も多くの人たちに読み継がれている。

中也は1907(明治40)年、現在の山口県湯田温泉に生まれる。生家は湯田温泉に広い敷地を持つ医院で、記念館はその生家跡の一部に建てられた。エントランスに向かう中庭には詩の一節が展示され、中也の言葉を思い出しながら記念館入口へと向かうことができる。

常設展示では、詩人としての業績や生涯を紹介。回遊性を持たせることで、繰り返し中也と出会えるように考えられた設計は、彼の詩の世界をより深く、印象深いものにしてくれる。また、1年ごとのテーマ展や年数回の企画展も行われ、いつも新鮮な中也の姿を感じることができる。近代詩人として大きな足跡を残した、中也独自の言葉の響きを堪能したい。

中也の言葉に向き合う記念館

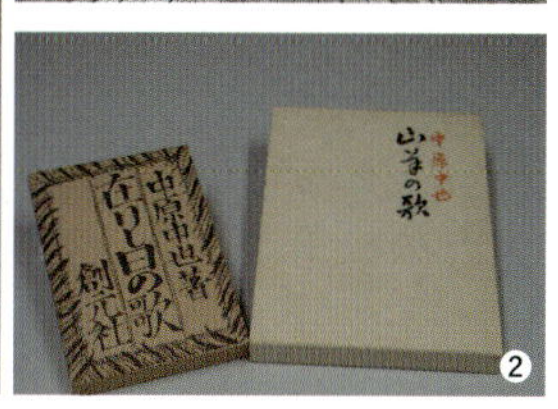

❶中庭の枕木が敷かれた一画でも中也の詩が紹介されている ❷第一詩集『山羊の歌』と、自らまとめ小林秀雄に託した第二詩集『在りし日の歌』 ❸中原中也18歳時、有賀写真館にて ❹詩の一節が記された中也くんしおりセット(400円)

POINT 美術館の空間は美術作品との出会うために設えられている。同じように、この記念館の空間は中原中也の言葉と出会うためにつくられていると言えるだろう。代表作の一節を読ませながら、一歩ずつ中也の詩世界へと誘う入り口。テーマ展も含めて、あくまでも言葉と向き合うことに重点を置いた常設展示室。来館者は自然と黙り込み、切ない痛みを伴った彼の詩へと入り込む。観覧後には、まるで一冊の詩集を読了したときのような、静かな満足感に満たされる。館内で流れている音楽も鑑賞に静かに寄り添ってくれる。

(時) 9:00～18:00(11～4月は～17:00、最終入館はいずれも30分前)
(休) 月曜(祝休日は翌平日)、毎月最終火曜、年末年始
(料) 一般330円ほか

山口県山口市湯田温泉1-11-21
083-932-6430／JR湯田温泉駅→徒歩10分

写真提供:中原中也記念館

みすゞが過ごした当時を思わせる金子文英堂。記念館は生誕100年を記念し2003(平成15)年に開館

no.52

金子みすゞ記念館

長門市

みすゞが3歳から20歳まで過ごした実家を再現

みんなちがって、みんないい――当たり前のようでありながら、豊かな感性で表現された優しいフレーズが心に響く。大正末期に彗星のごとく現れた金子みすゞは、20歳から童謡の創作に励み、憧れの詩人・西條八十に「若き童謡詩人の中の巨星」と賞賛されるほどだった。しかし、結婚と離婚、病や親権に悩み、26歳の若さでこの世を去ると、残された作品は不明となり、幻の童謡詩人と語り継がれていたが、その後52年の月日を経て、現在も記念館の館長を務める作家・童謡詩人矢崎節夫の熱意で再び世に出る。

記念館は、長門市仙崎で生まれたみすゞの実家である書店・金子文英堂を再現。みすゞの部屋のほか、かまどや井戸といった居住空間が再現され、当時の様子を伝えている。

記念館周辺はみすゞギャラリーになっていて、あちらこちらでみすゞの詩に出会うことができる。時代を超えて伝わる言葉の力を感じよう。

心を包み込むあたたかな詩の世界

❶本館常設展示室では、512編の詩が綴られた3冊の遺稿集(レプリカ)などゆかりの品々を観ることができる ❷ミュージアムショップには、みすゞの詩を歌にしたCDや詩集、絵本などが並ぶ ❸データ化した直筆原稿を展示しているみすゞギャラリー ❹金子文英堂の2階に再現されているみすゞの部屋

POINT 金子みすゞの実家だった書店・金子文英堂が再現されている。当時の暮らしを偲ぶことができるだけでなく、仏壇、風呂、中庭、井戸、そしてみすゞが使っていた自室など、家のあちらこちらに彼女の言葉がさりげなく配されている。詩人の原点に触れることができる展示だ。奥に続く本館では、童謡詩人の新星と目されながら、結婚による創作の中断などにも悩まされた彼女の短くも濃密な生涯が紹介される。「みすゞギャラリー」のコーナーでは、自筆原稿の複製で代表作をじっくりと味わうことができる。

時 9:00～17:00(12月29日～1月3日は～16:00、最終入館はいずれも30分前)
休 無休
料 一般500円ほか

※通常の入口は段差あり、別入口を案内

山口県長門市仙崎1308
0837-26-5155／JR仙崎駅→徒歩7分

https://www.city.nagato.yamaguchi.jp/site/misuzu/

写真提供:金子みすゞ記念館

2階から4階には、柱がなく、吊り橋のような空中階段が架かる

no.53

坂の上の雲ミュージアム

松山市

安藤忠雄設計の建物。上から見ると三角形になっている

日本騎兵の父とされた秋山好古、その弟で海軍の知将と呼ばれた秋山真之、そして俳句の革新者である正岡子規という松山出身の3人の主人公が登場し、その生き方や明治日本の姿が描かれた司馬遼太郎の小説『坂の上の雲』。坂の上の雲ミュージアムはこの作品をテーマに、松山のまち全体を屋根のない博物館とする構想の中核施設になっている。

展示は毎年新しいテーマを設け、小説の世界を紹介。近代国家の形成にかかわった人々の人生や物語は、今を生きる人にも気づきを与えてくれる。

また、見どころのひとつでもある建物は、建築家・安藤忠雄設計による地下1階地上4階建て。ガラス張りで逆三角錐の姿が斬新で、各階はスロープでつながり、『坂の上の雲』を目指して坂を上っていった主人公たちに思いをはせている。ライブラリー・ラウンジからは、四季折々の木々と純フランス風の洋館「萬翠荘(ばんすいそう)」のある風景が窓いっぱいに広がる。

小説をテーマとした街づくりの拠点

❶3階から4階につながる「新聞連載の壁」には、1296回にわたって連載された『坂の上の雲』全話を展示 ❷❸ミュージアムショップには、地元の特産品を使ったグッズがそろう。伊予水引のストラップ(385円)、新聞連載の挿絵が表紙になったメモ(1冊500円) ❹企画ギャラリーでは、小説で紹介された松山の風土を物語る資料を展示

POINT

構想期間を含めると10年もの歳月が費やされた大作『坂の上の雲』を、関連する歴史とあわせて紹介する。特に、新聞連載時の紙面を壁一面に並べたコーナーは圧巻だ。また、安藤忠雄による建築も見どころの一つ。上からみると三角形の建築は、松山出身の三人の主人公たちを暗示するかのようだ。展示室にも三角形がリズミカルに反復されている。そう言えば、館内からみえる大正期の洋風建築・萬翠荘(重要文化財)も、三角形の印象的な塔が美しい。同作の主人公の一人・正岡子規については、松山市立子規記念博物館にも立ち寄りたい。

(時) 9:00～18:30(最終入館30分前)
(休) 月曜(休日の場合は開館)、臨時閉館あり
(料) 一般400円ほか

愛媛県松山市一番町3-20
089-915-2600／JR松山駅
→市内電車8分
→徒歩2分

 https://www.sakanouenokumomuseum.jp/

写真提供:坂の上の雲ミュージアム

緑に囲まれた高知県立文学館。石張りの外観が目を引く

no.54

高知県立文学館

高知市

「寺田寅彦記念室」では、直筆原稿や文学の師である夏目漱石の手紙などの資料が観られる

高知城の東のふもと、石張りの重厚感ある壁が印象的な高知県立文学館。紀貫之『土佐日記』に代表される古典文学から有川ひろなどの現代文学まで、高知にゆかりのある文学者や作品を紹介し、多彩なアプローチで高知の魅力を発信している。

常設展示では、高知にかかわる文学者を時代やテーマに沿って紹介。定期的に展示内容を入れ替えるローテーション方式が特徴で、来館するたびに新しい目線で観ることができる。また、個性豊かな企画展では、文学の枠を越えた幅広いテーマで県内外の優れた作品を紹介、どの年齢層でも親しみを持てる内容となっている。

さらに、物理学者で随筆家・寺田寅彦の幅広い業績や生涯をたどる記念室や、直木賞作家・宮尾登美子の資料が紹介されている「宮尾文学の世界」も要チェック。習作原稿や創作ノート、愛用の小物など、本人から寄贈された4900点もの資料を入れ替えながら展示している。

高知の魅力を伝える多面的なアプローチ

❶中庭の壁は土佐漆喰、土佐に伝わる水切り瓦が使われている。20世紀を代表する家具デザイナー、ジョージ・ナカシマの椅子でくつろぐこともできる ❷❸常設展では、紀貫之から現在の作家まで高知ゆかりの文学者たちを紹介

こどものぶんがく室では、寄贈の図書や紙芝居、ゆかりの作家の絵本や児童書などを中心に紹介

POINT

タイムマシンで時代を駆け抜けていくかのような、ダイナミックな常設展示が魅力的だ。年表風の導入部に続いて、最初の部屋でいきなり現在の作家たちが登場する。紹介されるのは、有川ひろや山本一力といった人気作家たち。そこから、次のコーナーでは一気に、我が国最初の日記文学である紀貫之の『土佐日記』へ。さらに、幕末の土佐藩主・山内容堂の漢詩や、自由民権運動にまつわる詩歌、反骨精神を秘めた大衆文学などと続いていく。寺田寅彦記念室や「宮尾登美子の世界」は、それだけで小・中規模の文学館一館分のボリュームがある。

㊐ 9:00～17:00(最終入館30分前)
㊡ 年末年始(展示替やメンテナンス休館あり)
㊔ 一般370円(2025年4月1日より400円)、企画展開催中は企画展料金

高知県高知市丸ノ内1-1-20
088-822-0231／JR高知駅→徒歩20分、またはバス・路面電車10分→徒歩5分

写真提供:高知県立文学館

建物は、1952(昭和27)年に建てられた簡易裁判所を再利用したもの。
縦長の窓がある階段室や照明など、当時の雰囲気がそのまま残る

no.55

大原富枝文学館

本山町

東京・杉並区から移築された富枝の仕事場を再現

四国の中央部、自然豊かな山里にある大原富枝文学館は、現存作家の公設文学館として1991(平成3)年に誕生。この町出身の大原富枝が、自身の蔵書を故郷の子供たちに読んでほしいと願ったことが始まりだった。富枝はこの文学館を、恥じらいながら〝世界一小さな文学館〟と呼んだという。

展示室では、本人の遺志により寄贈された約2万点の資料の中から、自筆原稿や書簡、愛用品などを展示。青春時代に結核を患い、療養生活を送った自分と、幽閉生活を余儀なくされた主人公・野中婉の人生を重ねて描いたといわれる代表作『婉という女』にスポットを当て、富枝の生涯の歩みと作品の世界を紹介している。

館内には、再現された書斎や自由に見学できる茶室「安履庵」も。富枝の心を現したという茶室では、開館時に富枝自ら庵主を務め、客をもてなしたという。富枝の愛犬たちをモチーフとしたキャラクターも登場しているので、チェックしてみよう。

戦後最大の女流作家による世界一小さな文学館

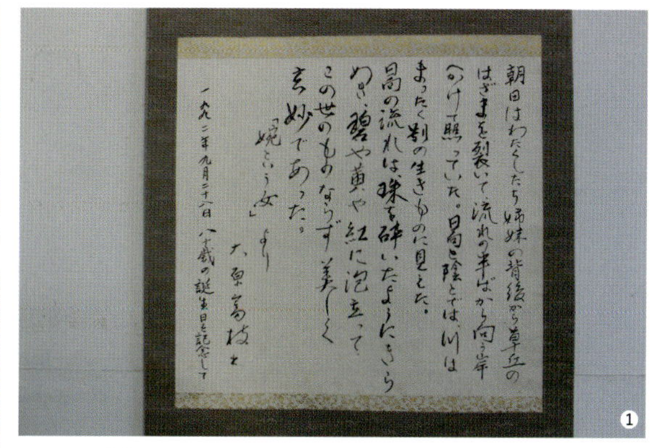

❶『婉という女』の一節を記した富枝自筆の軸 ❷代表作『婉という女』にスポットを当て富枝の世界を紹介 ❸富枝の心を現したという茶室「安履庵」

大原富枝61歳の頃。厳しい運命に直面しながらも、懸命に生き抜く女性の姿を描き続け、2000(平成12)年、87歳で逝去

POINT

展示の美しさ、館内の空間づくりの丁寧さに頭が下がる。奇をてらった展示物や、最新の情報メディア機器はない。しかし、さりげなく置かれたオブジェや解説・案内のパネルなど、随所に気配りが行き届き、気持ちがいい。現在の高知県本山町に生まれた大原富枝は、18歳で喀血。故郷での療養生活を経て29歳で上京し、専業作家となった。常設展示では、戦後最大の女流作家と評される彼女の歩みを振り返る。館内では、作家の3匹の愛犬を基にしたキャラクターも時折顔をのぞかせる。この場所に残る、優しい飼い主の匂いを探しているようだ。

時 9:00～17:00(最終入館30分前)
休 月曜(祝休日は翌平日)、年末年始
料 一般300円ほか

高知県長岡郡本山町本山568-2
0887-76-2837／JR大杉駅→バス19分→徒歩1分

写真提供:大原富枝文学館

モデルコース⑤／JR新山口駅起点

観光×移動を楽しむプラン

ふるさとの景色に出会う 癒しの旅へ

山口線に沿って津和野へ向かうプランでは、
道中の見どころとともに移動そのものを楽しみたい。
ゆかりの地が点在する中原中也のふるさと・湯田温泉や
長門峡、森鷗外が生まれた津和野の景観など、
ゆったりとした時間を過ごす癒しの旅に出かけよう。

1

● **瑠璃光寺五重塔**

日本三名塔のひとつに数えられる、国宝・瑠璃光寺五重塔。優美な塔は、室町時代に山口の地で花開いた大内文化の傑作といわれる。（長州は、いい塔をもっている）と記された司馬遼太郎の文学碑も立っている。

SLやまぐち号

SLやまぐち号は、新山口駅を出発し、中原中也のふるさと湯田温泉、西の京・山口、四季折々の景観が楽しめる長門峡をへて、森鷗外生誕の地でもある山陰の小京都・津和野までを約2時間かけて走る。タイムスリップしたような気分で旅を楽しもう。運行日や料金など、詳しくはHPなどで事前に確認を。

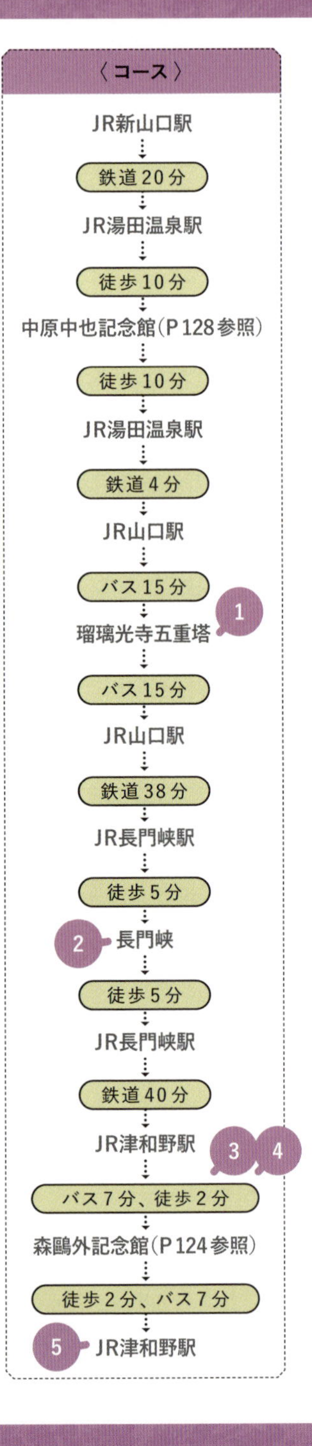

〈コース〉

JR新山口駅
鉄道20分
JR湯田温泉駅
徒歩10分
中原中也記念館（P128参照）
徒歩10分
JR湯田温泉駅
鉄道4分
JR山口駅
バス15分
瑠璃光寺五重塔 1
バス15分
JR山口駅
鉄道38分
JR長門峡駅
徒歩5分
2 長門峡
徒歩5分
JR長門峡駅
鉄道40分
JR津和野駅 3 4
バス7分、徒歩2分
森鷗外記念館（P124参照）
徒歩2分、バス7分
5 JR津和野駅

2 長門峡(ちょうもんきょう)

山口市・萩市にまたがる阿武川沿いの美しい渓谷。約5kmの散策路が整備され、特に秋は一年で最も美しい季節。色鮮やかな紅葉が水面を染める。「長門峡に、水は流れてありにけり。寒い寒い日なりき。」と始まる中原中也の『冬の長門峡』の詩碑も立つ。

4 源氏巻

原型ができたのは江戸・元禄時代だという津和野名物の源氏巻。あんこをカステラ生地で巻いた和菓子は、ほどよい甘さと香ばしい生地が上品な味わい。お土産にもぴったり。

おすすめグルメ

3 殿町通り

山々に囲まれた山陰の小京都・津和野。古いたたずまいを残す殿町通り付近の白壁の土塀、掘割に泳ぐ鯉の姿は津和野のシンボル的存在だ。

5 安野光雅美術館

津和野駅そばには、漆喰の白壁と赤色の石見瓦を葺いた和風建築の安野光雅美術館がある。
津和野出身で、絵本だけでなく風景画や本の装丁など、幅広い分野で活躍した安野の作品や自宅アトリエ(再現)、プラネタリウムが楽しめる。

colum5

文学館のミュージアム・グッズ

ミュージアムの楽しみの一つとして近年注目を集めているのが、ミュージアム・グッズ。文学館でも魅力的な商品の数々が、来館者を楽しませてくれます。

たとえば、作家のことばをそのまま用いた商品はいかがでしょうか。金子みすゞ記念館で販売されているのは、彼女の自筆の詩をあしらったポストカード。活字とは異なる手書きの文字の味わいが、よく知った詩に別の貌を与えています。

中原中也記念館の「おさんぽサコッシュ」は、中也のことばと一緒に、ふらりと散歩に出たくなる一品です。「なんにもなくても希望はある。」、そんなことばがさりげなくあしらわれていて、足どりも軽くなりそうです。

魅力的なデザインでついつい手が伸びてしまうものも。大原富枝文学館のグッズには、作家が生前に愛した三匹の愛犬がかわいらしく登場。武者小路実篤記念館では、雑誌『白樺』の表紙をあしらったマスキングテープが目を引きます。文芸と美術を愛した白樺派の美意識が詰まった、今みても新鮮なデザインです。

Nobutaka Imamura

九州エリア

KYUSHU

約700冊の清張全著書を紹介。東京の自宅から運び入れた東大寺の礎石も観られる

no.56

松本清張記念館

北九州市

ドーム型の屋根の下には、清張の暮らした邸宅が再現されている

推理小説や歴史小説、ノンフィクションなど、約40年の作家生活で数多くの作品を残した松本清張。芥川賞を受賞した「或る『小倉日記』伝」が、直木賞候補作でもあったという経緯からもわかるように、一つのジャンルに収まらない文学者だった。清張が半生を過ごした北九州市小倉に建つ記念館では、常に新たな分野に挑戦し、独自の世界を構築したその生涯に触れることができる。

展示室1では、清張の年譜や当時のニュースで構成された長さ22mの巨大な年表に圧倒されるほか、オリジナルドキュメンタリー映像「日本の黒い霧―遙かな照射」が楽しめる。

「思索と創作の城」として紹介されている展示室2では、東京・高井戸にあった邸宅を清張が亡くなった当時のまま館内に再現。膨大な蔵書や資料が収められている書庫や、書きかけの原稿や愛用の眼鏡、資料が積み上げられた書斎は、まるで清張が少し席を外しているだけだと思わせるような空間だ。

多岐にわたる作品を世に出した創作の城

❶打合せを行っていた応接間を再現 ❷地階には、清張の著作や関係資料が自由に閲覧できる読書室や企画展示室も
❸ミュージアムショップでは、しおりやポストカードなどのオリジナルグッズのほか、記念館刊行物や書籍などを販売

東京・高井戸にあった松本清張邸が、逝去した日のままにとどめられ、再現されている。旧居の一部の移築はよくあるが、書斎や応接間、書庫などの創作の城を丸ごと館内に再現し、展示している例は珍しいだろう。増築を繰り返したという二階建ての書庫には、紙袋や段ボール箱に入ったままの資料も残り、いかにも日常的に使っていた空間といった趣だ。来館者はガラス越しに観覧する。にもかかわらず、本の匂いがしてきそうな、今にも部屋の主人が帰ってきそうな不思議な生々しさがある。

(時) **9:30〜18:00(最終入館30分前)**
(休) **月曜(祝休日は翌平日)、年末年始、館内整理日等**
(料) **一般600円ほか** ※入館時段差なし

北九州市小倉北区城内2-3
093-582-2761／JR小倉駅→徒歩15分

写真提供:松本清張記念館

独特なフォルムとアーチ型の梁が開放的な空間を造り出している

no.57

北九州市立文学館

北九州市

半円筒の銅板屋根が特徴的な建物には、文学館のほか中央図書館が入る

曲線的な天井が館内を包み込むようなデザイン、開放的な空間を彩る丸型のステンドグラスが印象的。特別感のある空間を演出してくれる北九州市立文学館は、世界的に著名な建築家・磯崎新の設計で1974（昭和49）年に建てられた。文学館が入るこの中央図書館の建物は、映画「図書館戦争」のロケ地にもなっている。

常設展では、軍医として小倉に勤務した森鷗外や女性俳句の草分け・杉田久女、昭和の激動を描いた火野葦平といった北九州ゆかりの作家を、資料やグラフィックで紹介。約12万点の収蔵資料の中から、300点ほどが常時展示され、明治以前、短歌、俳句、散文、詩などジャンル別にまとめられた北九州の文学のあゆみや、高橋睦郎、平野啓一郎、リリー・フランキーなど、現在活躍する作家の自筆原稿や愛用品が観られるコーナーも。デジタル展示システムで、展示資料をめくったり拡大したりして、より詳しく知ることができる。

北九州に根づく文学の土壌をたどる

❶文学館のシンボルにもなっているステンドグラスは、建築家・磯崎新が江戸時代の思想家・三浦梅園の著書をもとにデザインしたもの ❷交流ひろばでは同人誌や文芸誌などの閲覧が自由にできる

現在の北九州市一帯は、古くから交通の要衝として栄え、近代以降は重工業地帯となって日本の近代化の一翼を担った。また、国際港湾都市として文物が集まり、戦時中は人や物資が出入りする拠点でもあった。古代から現代まで、この地に生まれた、育った、住んだというゆかりのある作家は数多い。展示から個性豊かな作家や文学の土壌が感じられる。

「21世紀の作家たち」として37人の現代作家のプロフィールとともに愛用品などを展示。床面の文学マップでは、文学館周辺にある文学碑が紹介されている

㊋ 9:30～18:00（最終入館30分前）
㊡ 月曜（祝休日の場合は開館し、翌日休館）、年末年始
㊎ 一般240円ほか

北九州市小倉北区城内4-1
093-571-1505／JR小倉駅→徒歩15分

 https://www.kitakyushucity-bungakukan.jp/

写真提供：北九州市立文学館

白秋の生涯や詩業、水郷柳川の歴史を紹介。明治、大正、昭和を生きた北原白秋の生涯を5つの時代に分けて展示している

no.58

北原白秋生家・記念館

柳川市

記念館の外観は柳川独特の〝なまこ壁〟。広大な敷地を有した北原家の一隅に建てられている

城下町として古い歴史を持つ水郷柳川。詩人・歌人として知られる北原白秋は、多感な時期をこの美しい町で過ごした。

白秋の生家・北原家は、父の代に酒造業を営み、白秋は良家の坊っちゃんという意味の「トンカジョン」と呼ばれていたという。記念館はその裏庭に隣接し、白秋生誕100年となる1985（昭和60）年に開館した。館内では白秋の偉大な業績を、時代を追って紹介。直筆の原稿や貴重な資料を展示している。

24歳のときに書き上げ、称賛を浴びた処女詩集『邪宗門』をはじめ、白秋は57年の生涯で2万点もの作品を残した。中でも『この道』『雨ふり』『待ちぼうけ』など、白秋の童謡は、耳にすれば誰もが知っている日本の歌といえるだろう。柳川は白秋のふるさとであり、時を超えて今なお心に響く、童謡のふるさと。白秋は写真集『水の構図』で、柳川を〝我が詩歌の母體（ぼたい）〟と述べている。

日本の心を伝える童謡の調べ

❶白秋生家 ❷昔ながらの土間などが残る生家内部。白秋の遺品や原稿などが展示されている ❸造り酒屋だった北原家の銘酒「潮」を復刻（2400円）。柳川を訪れた与謝野寛（鉄幹）と白秋が酌み交わしたという酒はミュージアムショップで

❹❺第1詩集『邪宗門』と第2詩集『思ひ出』。当時、写真と文章の融合がセンセーショナルだった水郷柳河写真集『水の構図』

水郷・柳川に調和する北原白秋の生家は、爽やかな風が通り抜ける、居心地の良い家屋である。明治初頭の建築だが、白秋の没後、一時は取り壊される寸前だったという。このとき、歌人や地元の人たちが保存会を立ち上げて奔走した。内部の改修に手を貸したのは、東京国立近代美術館の設計などで知られる建築家の谷口吉郎。多くの人の尽力で蘇った生家・記念館は、今も地域に支えられて、来館者を迎えている。白秋自身による自作の朗読音声や、彼が手がけた全国の校歌・社歌のリストなど、充実した展示とあわせて楽しみたい。

㊋ 9:00～17:00（最終入館30分前）
㊡ 年末年始
㊕ 大人600円ほか

福岡県柳川市沖端町55-1
0944-72-6773／西鉄柳川駅→バス12分→徒歩5分

 https://www.hakushu.or.jp/

写真提供：北原白秋生家・記念館

文学館は2000(平成12)年に開館。角力灘(すもうなだ)を見下ろして建つ

no.59

長崎市遠藤周作文学館

長崎市

『沈黙』の文学世界をイメージしたステンドグラス

キリシタンの里として知られる長崎市外海地区。遠藤周作は『沈黙』の舞台となったこの地を執筆後も訪れ、「神様が僕のためにとっておいてくれた場所」と語ったという。

エントランスホールでは『沈黙』の世界をイメージしたステンドグラスの優しい光が出迎えてくれる。館内には、遺族から寄贈・寄託された原稿や遺品など約3万点が収蔵・保管され、原稿や蔵書、愛用品などを展示。常設展のほか、約2年ごとにテーマを変えて企画展も開催されている。遠藤の趣味だった囲碁もできるフリースペース「聴濤室」、言葉や風景、さまざまな出会いをもたらす思索空間「アンシャンテ」でもゆっくり過ごしたい。

周辺は夕陽の名所としても知られ、文学館からも五島灘に沈む美しい夕陽を望むことができる。遠藤が「思っていた通りの場所」と述べた、同地区出津文化村内の沈黙の碑にも立ち寄ってみよう。

空と海と自分に出会う遠藤文学の聖地

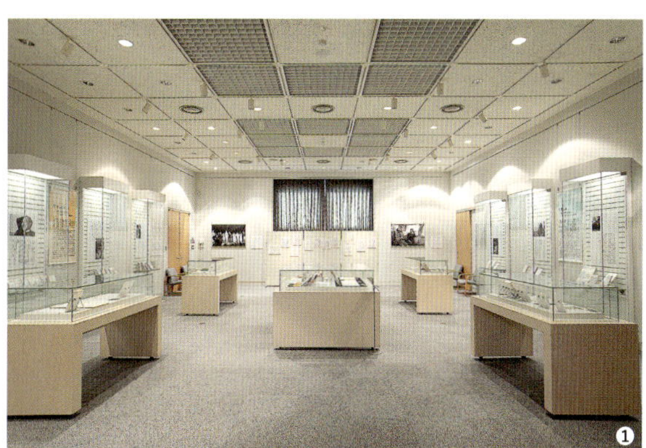

❶愛用品や生原稿などが展示されている ❷テラスから眺める夕景 ❸執筆していた書斎を再現

思索空間「アンシャンテ」からは、窓越しに外海の雄大な風景が広がる

POINT

小説『沈黙』の舞台となった、長崎市・外海(そとめ)。隠れキリシタンの信仰を静かに見守ってきたその海景を望む、静謐な文学館である。風景と建築の取り合わせの美しさで言えば、全国のあらゆるミュージアムのなかでも屈指の一館ではないか。加えて、草稿の翻刻など、地道な研究活動にも敬意を表したい。所蔵していた掲載誌不明の原稿が実は未発表作品であったことを突き止め、2020年に新たに刊行されるにいたったことも、文学館の使命を果たすうえで大事な仕事であっただろう。

時 9:00～17:00(最終入館30分前)
休 年末年始
※2025年3月7日まで工事のため臨時休館中
料 一般360円ほか

長崎県長崎市東出津町77
0959-37-6011／JR長崎駅→バス75分→徒歩2分

 https://www.city.nagasaki.lg.jp/endou/

写真提供:長崎市遠藤周作文学館

同館のマスコットでもある等身大の漱石人形

no.60

くまもと文学・歴史館

熊本市

古文書や古地図、作家の書簡などとともに熊本の文学と歴史をたどることができる

熊本にゆかりのある文学者の資料を収集・展示するくまもと文学・歴史館。対象となる32人の文学者は、英語教師として在任していた小泉八雲や夏目漱石、熊本市育ちのジャーナリストで歴史家の徳富蘇峰と小説家・徳冨蘆花の兄弟、種田山頭火、中村汀女など、多彩な顔触れだ。

展示は、前身である熊本近代文学館の文学資料と、県立図書館が所蔵している古文書などの歴史資料を併せて紹介しているのが特徴的。展示室1では、古文書や古地図、作家の原稿や書簡などを通して〝くまもとの記憶〟を紹介する収蔵品展や、さまざまなテーマの企画展が開催される。展示室2では、歴史的背景とともに、熊本の文学の流れをたどることができる。

かつて藩主・細川氏の別邸があった場所に建ち、目の前に広がるゆかりの日本庭園を展示室から眺めることも。古くから要所として歩んできた熊本の歴史と、その豊かな風土に育まれた文学、それぞれの魅力を感じられる場所だ。

文学と歴史で振り返る〝くまもとの記憶〟

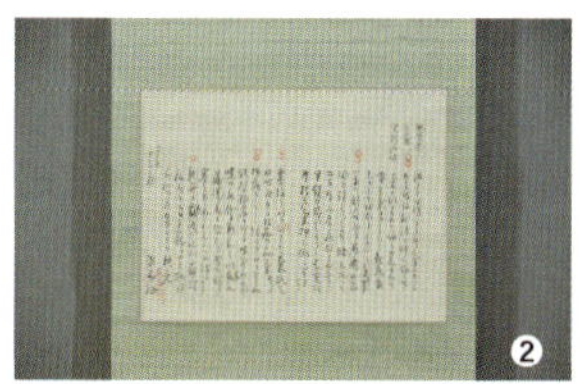

❶漱石による猫のスケッチ ❷正岡子規評点の漱石句稿。「新屋敷」など、熊本の地名が入った俳句も ❸旧砂取細川邸庭園。春には梅や桜、初夏の蛍、秋の紅葉、冬の朝霧など、四季折々の表情が楽しめる

交流空間となっている展示室3では、散策マップや映像ギャラリー、漫画コーナーも。庭園も眺められる

POINT 同館の常設展示は単なる文学史の紹介にとどまらない。肥後・熊本の地域史を中心に、さらに日本全体の歴史を視野に収めたスケールの大きな展示が試みられている。大日本帝国憲法の起草、ジャーナリズムの誕生、プロレタリア文学の試み、戦時下の文芸、女性文学者の活躍…。文学という窓を通して歴史や社会の動きを切り取る手際は鮮やかだ。もし子どもと一緒なら、すぐ近くに誕生した「こども本の森」にも立ち寄りたい。本とことばのなかで気持ちよく過ごす時間…。森林浴のように、頭と心をリフレッシュできるだろう。

㊕ 9:30～17:15
㊡ 火曜、毎月最終金曜、年末年始、特別整理期間
㊫ 無料

熊本県熊本市中央区出水2-5-1
096-384-5000／JR新水前寺駅→熊本市電4分→徒歩5分

写真提供：くまもと文学・歴史館

no.61

かごしま近代文学館・かごしまメルヘン館

鹿児島市

多数の歴史小説を残した海音寺潮五郎の書斎を再現。史伝『西郷隆盛』の完成に心血を注いだが、未完のまま逝去した

作家の残り香に触れられる「向田邦子の世界」

近代文学館とトリックアートなどで遊びながら文学に触れられるメルヘン館が併設

さまざまなテーマで鹿児島ゆかりの文学や作品を紹介する近代文学館と、童話や絵本の世界を体験できるメルヘン館が併設されたスポット。常設展示では、鹿児島出身の海音寺潮五郎や幼少期をこの地で過ごした林芙美子、鹿児島県立図書館長として読書運動にも取り組んだ椋鳩十など、5人の作家の創作に傾けた情熱や創作過程をジオラマなどで紹介。それぞれの人生や目線を知ることができる。また「文学アトリエ」には体験型展示もあり、文学に親しみやすくアプローチしてくれる。

2階では、有島武郎ら22人の作家を鹿児島文学の群像として紹介しているほか、遺族より寄贈された約9000点の資料をもとに「向田邦子の世界」を展開。脚本家・小説家として活躍した向田邦子は、少女時代に2年余り過ごした鹿児島を〝故郷もどき〟といい、エッセイ『父の詫び状』でも当時の思い出を詳しく綴っている。リビングが再現され、本人の映像や音声と一緒に、彼女の作品世界やライフスタイルを感じることができる。

鹿児島を愛した作家たちとの出会い

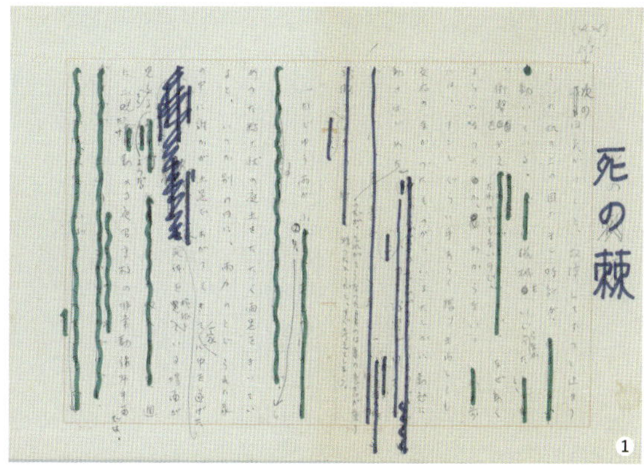

❶島尾敏雄の代表作『死の棘』の草稿 ❷オリジナルグッズ「海音寺潮五郎の一日」手ぬぐい（1405円） ❸同館のマスコットキャラクターが描かれた絵本作家・町田尚子書き下ろしクリアファイル（440円）とポストカード（165円）

POINT

作家ごとに工夫を凝らした常設展示が面白い。開いたトランクに旅の記録を詰め込んだ林芙美子のコーナーや、取材地の地図に取材記録や動物模型を配した椋鳩十のコーナーなど、作家の特徴を一目で伝える展示だ。2階の「向田邦子の世界」では、作家の「残り香」に触れられるような展示を目指したという。展示室には、お気に入りの衣類から愛猫の食事を調理した寸胴鍋まで、ゆかりの品々が並んでいる（展示は時期によって変動あり）。日常の機微を丁寧に描いた作家が自身の暮らしをどう楽しんでいたのか、その一端を知ることができる。

㊔ 9:30～18:00（最終入館30分前）
㊡ 火曜（祝休日は翌平日）、年末年始
㊖ 一般300円ほか

鹿児島県鹿児島市城山町5-1
099-226-7771／JR鹿児島中央駅→市電7分→徒歩7分

写真提供：かごしま近代文学館・かごしまメルヘン館

1階の展示室では、雑誌『改造』に寄せられた直筆原稿や山本實彦宛の書簡などが観られる

no.62

川内まごころ文学館

薩摩川内市

展示室のほかミニシアターも設置された川内まごころ文学館。隣接している歴史資料館との共通券もある

充実の直筆原稿ラインナップ

鹿児島県の北西、豊かな自然に恵まれた川内では、多くの表現者を輩出してきた。市民の声より設立が計画された文学館が開館したのは、2004(平成16)年。大きな見どころは、川内出身のジャーナリスト・山本實彦と、川内が父の故郷である作家・里見弴（とん）だ。〝まごころ〟は、里見弴が唱えた「まごころ哲学」にちなんで命名されている。

展示室1の「有島芸術・とくに里見弴の文芸の世界」では、有島武郎、有島生馬、里見弴兄弟の末弟、川内と交流のあった里見の文芸資料を中心に、白樺派の書や絵画などを展示。また、展示室2の「改造社に残された200余名の直筆原稿の世界」では、山本實彦の足跡と雑誌『改造』に寄せられた直筆原稿や資料を紹介している。實彦は1919(大正8)年に改造社を創業し、総合雑誌『改造』を創刊。芥川龍之介、谷崎潤一郎、武者小路実篤、林芙美子など、同誌で執筆していた作家たちの原稿や書簡などを観ることができる。

怡吾庵(いごあん)再現コーナー。里見弴は怡吾と呼ばれていた

POINT

地域の小規模館のような館名だが、侮るなかれ。菊池寛、芥川龍之介、横光利一…。著名な作家の自筆原稿がザクザクと出てくる、宝の山のような館だ。これらの資料の出所は、総合雑誌『改造』を発行し、大正から昭和にかけて文壇を席巻した山本實彦。彼の手元にあった資料が、ご遺族によって故郷に寄贈されたのである。さらに、それぞれの分野で活躍した三人の兄弟、有島武郎、有島生馬、里見弴の父もこの地の生まれということで、三人に関する展示も充実している。有島生馬の油彩画の大作等、他では見られないものも多い。訪れる価値がある。

時 9:00～17:00(最終入館30分前)
休 月曜(祝休日は翌平日)、年末年始
料 大人300円ほか

鹿児島県薩摩川内市中郷2-2-6
0996-25-5580／JR・肥薩おれんじ鉄道川内駅→バス15分

 https://magokoro-bungaku.jp/ 写真提供:川内まごころ文学館

モデルコース⑥／JR小倉駅起点

歴史と文化をたどるプラン

ノスタルジックな北九州へ

製鉄産業や石炭輸送などで日本の近代化を支えた北九州は、
多くの文学者を輩出し続けている文学の街でもある。ノスタルジックな
歴史ロマンを感じながら、その土地に根づく文化的魅力、そして美しい景観を楽しもう。

小倉城

小倉城庭園内には、女性俳句の草分けとして知られる杉田久女と、久女から指導を受け戦後の俳壇で活躍した橋本多佳子の記念室がある。周辺には多数の文学碑をはじめ、記念館や資料館など文学スポットが点在。散策しながらその足跡を探してみよう。

© 福岡県観光連盟

森鷗外旧居

小倉北区鍛冶町にある森鷗外旧居は、森鷗外が旧陸軍第12師団軍医部長として小倉に赴任していたときに1年半ほど過ごした家。庭に植えられている夾竹桃と白の百日紅は当時からのもので、小説『鶏』はこの家が舞台となっている。小倉駅南口には、森鷗外京町住居跡碑もある。

焼きうどん

小倉が発祥といわれる焼うどん。戦後、やきそば用の麺が手に入らず、乾麺のうどんで代用したのが始まりだとか。懐かしさを感じる定番の味から新たなテイストの進化系まで、好みに合わせてご当地B級グルメを味わおう。

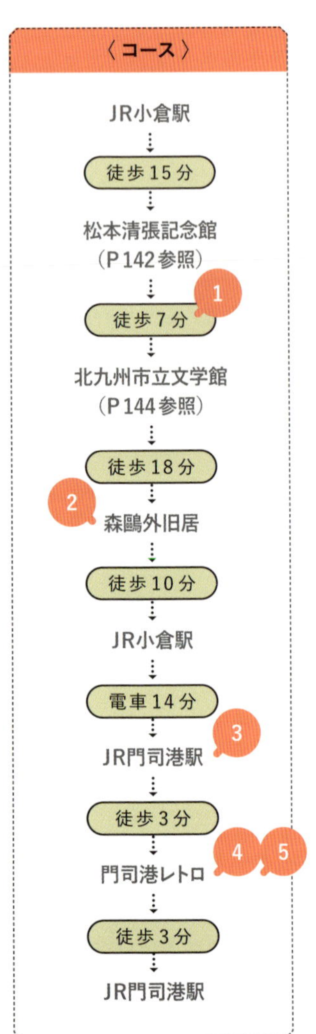

3

門司港駅

鉄道駅舎として、日本で初めて国の重要文化財に指定された門司港駅。改修工事を経て、石貼り風の外壁や天然の石盤を使った屋根、失われていた屋根周りの飾りなど、大正3年の創建時の姿を復原させている。駅構内の内装も含め、大正ロマンあふれる雰囲気を満喫しよう。

4

門司港レトロ

明治から昭和初期にかけて建築された、趣のある建物が保存されている門司港エリア。名建築で知られる旧大阪商船や赤レンガ造りの旧門司税関などが当時の面影を伝えてくれる。

関門海峡に面した景観も美しい。写真は関門海峡ミュージアムからの眺め

5

門司港レトロ 展望室の夜景

「日本夜景遺産」にも認定されている門司港レトロ展望室からの夜景。日本を代表する建築家・黒川紀章設計の高層マンション31階にあり、ガラス越しに関門海峡や門司港レトロ、対岸の下関まで一望することができる。日没時から夜にかけて、ぜひ訪れてみたい。

colum6

研究とアーカイヴ

この本では、広義の文学館・記念館のなかから62館を選んで掲載しました。ただ、ページ数の制約やその他の事情により、残念ながら掲載できなかった館も少なくありません。当然のことではありますが、ここで紹介した以外にも、全国には多くの素晴らしい文学館があり、それぞれに魅力的な活動を行っています。

また、文学館は、来館者がやって来て、展示をみたり講演を聴いたりして楽しむだけの場所ではありません。たとえば、資料を収集して後世に伝える「アーカイヴ」としての役割。あるいは、地道な研究によって新たな知見をもたらす、「研究機関」としての役割。そうした役割も文学館の大事な顔だと言えるでしょう。

本書では旅行の目的地としての側面に光をあてましたが、文学館には、それにとどまらない文化的・学術的な存在意義もあるわけです。こうした点についてもっと深く考えてみたいという方は、中村稔『文学館を考える』(青土社、2011年)という本が出発点として参考になります。

Nobutaka Imamura

監修者プロフィール

今村信隆(いまむら・のぶたか)

1977年、北海道生まれ。北海道大学大学院文学研究院准教授。放送大学客員准教授。北海道大学文学研究科博士後期課程修了。博士(文学)。民間のバス会社で働いた後、札幌芸術の森美術館に勤務。その後、京都造形芸術大学(現・京都芸術大学)専任講師、同准教授、甲南女子大学准教授等を経て、現職。北海道大学プラス・ミュージアム・プログラム代表(2022～2024年度)。単著に『一七世紀フランスの絵画理論と絵画談義』(北海道大学出版会、2021年)、『「お静かに!」の文化史:ミュージアムの声と沈黙をめぐって』(文学通信、2024年)、編著に『博物館の歴史・理論・実践1～3』(藝術学舎、2017～2018年)、共編著に今村信隆・佐々木亨編『学芸員がミュージアムを変える! 公共文化施設の地域力』(水曜社、2021年)、佐々木亨・今村信隆編『改訂新版 博物館経営論』(放送大学、2023年)、共著に『開講! 木彫り熊概論-歴史と文化を旅する』(文学通信、2024年)などがある。

執筆者プロフィール

後藤さおり(ごとう・さおり)

トラベルライター。栃木県出身、現在は兵庫県神戸市在住。大学で歴史を学んだのち出版社に勤務。その後、旅行雑誌やタウン誌のライター・編集などを経て、主に国内の旅行記事を執筆。得意なジャンルは観光全般、鉄道・グルメ・祭・歴史。著書に『気軽に行きたい四国遍路旅 鉄道で! バスで! 観光も楽しむ「通い遍路」のススメ』、『日本のミュージアムを旅する』(天夢人)。

主要参考文献リスト

・作家記念館研究会編『全国作家記念館ガイド』、山川出版社、2019年
・全国文学館協議会編『増補改訂版 全国文学館ガイド』、小学館、2013年
・東京新聞・中日新聞文化部『文学館のある旅103』、集英社新書、2004年
・中村稔『文学館を考える－文学館序説のためのエスキス』、青土社、2011年
・増山かおり『死ぬまでに一度は訪ねたい東京の文学館』、エクスナレッジ、2018年

編集　揚野市子
デザイン　株式会社フロッグ（藤原未奈子・大井綾子）
DTP・校正　マジカル・アイランド
本文テキスト　後藤さおり

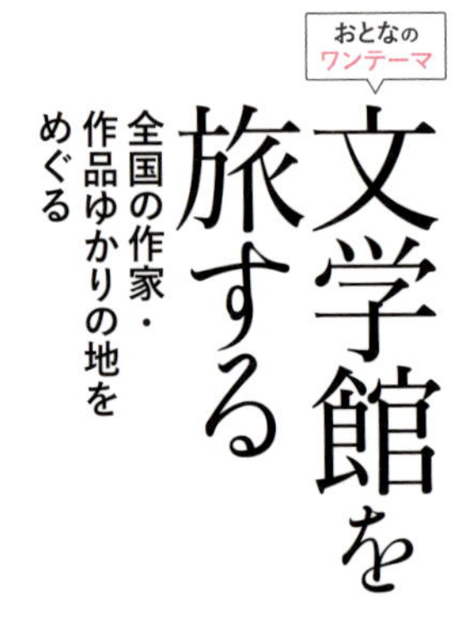

2025年3月10日　初版第1刷発行

監修　今村信隆
発行人　山手章弘

発行所　イカロス出版株式会社
〒101-0051 東京都千代田区神田神保町1-105
contact@ikaros.jp（内容に関するお問合せ）
sales@ikaros.co.jp（乱丁・落丁、書店・取次様からのお問合せ）
印刷・製本　株式会社シナノパブリッシングプレス

Printed in Japan　ISBN 978-4-8022-1577-0